著作集　下

未発表詩95篇・『動物哀歌』初版本・英訳詩37篇

村上昭夫著作集　下

未発表詩95篇・『動物哀歌』初版本・英訳詩37篇

目次

未発表詩95篇

サナトリウム　1　16
サナトリウム　2　16
サナトリウム　3　17
サナトリウム　4　17
サナトリウム　5　18
サナトリウム　6　19
サナトリウム　7　19
サナトリウム　8　20
サナトリウム　9　20
サナトリウム　10　21
サナトリウム　11　22
サナトリウム　12　23
サナトリウム　13　24
弟よ　24
少女よ　25
祐子　26
病んでいるゆう子　26
生命線　27
馬鹿　27
看護婦　28
山の幻想　28
ラリックス物語　29
若い合唱　32
三か月　32
冬　33
猫のお見舞　33
クリスマスの夜　34
かんこ鳥　34
親なし子兎　35
流れ星　35

恋なれば　36
北上川　36
雪の降る町　37
女学校の庭　37
一本木原　38
私　38
望んで　39
ただ熱心に　39
軍靴　39
女　39
狼　40
失恋　40
キリスト　40
秋と女　41
小さな恋人　41
ミソサザイ　42

月見草　43
北満にて　43
パンパンガール　44
理想　44
白い心　45
追憶　45
愛　45
愛について　46
まき割りじいさん　46
子供よ　46
仮装行列　47
なぜ　47
詩人なんか要らない　47
空　48
人　48
雲　49

火　49
白鳥の火　49
政党（1）　49
政党（2）　50
国歌　50
死について　50
秋の風景　50
るり草　52
黒い夢　53
平泉　54
姫神山　1　54
姫神山　2　55
山の上　56
ふくろうの森　56
雑音　57
私　57
小さな風景　58
くろつち　59
春の子　59
影法師　60
お嬢さん　61
聖人　61
うさぎ　61
お許し下さい　62
金曜日　62
秋　62
かみなり　63
理想　63
獅子　63
雪の降る晩　64
七羽の白鳥　64
童話的な雲　66

五葉山の森　66

『動物哀歌』初版本

序　村野四郎　68

I

鶴　70
金色の鹿　71
すずめ　71
小鳥を葬るうた　72
熱帯鳥　73
雁の声　74
鳶の舞う空の下で　74
太陽にいるとんぼ　75
鴉　77
カラスの火　77
鴉の星　78
鳩　79
鳥の未来　80
リス　80
牛の目　81
ねずみ　82
空を渡る野犬　82
深海魚　83
象　84
熊のなかで　84
熊のなかの星　85
豚　85
屠殺場にある道　86
宇宙を隠す野良犬　87
坂をのぼる馬　88

犬　89
失われた犬　90
按摩と笛と犬　90
亀　91
芝居をする猿に寄せて　91
スクリュウという蛇　92
都会の牛　93
虎　94
石の上を歩く蚯蚓《みみず》　95
鳥追い　96
私をうらぎるな　96
化石した牛　97
巨象ザンバ　98
つながれた象　99
灰色のねずみ　100
あざらしのいる海　101
干された泥鰌　102
死んだ牛　102
黒豹　103
蟻とキリギリス　104
象の墓場　105
うみねこ　106
じゅうしまつ　107
実験される犬　108
黒いこおろぎ　109
捨て猫　109
犬　110
駱駝　111
こおろぎのいる部屋　112
ひき蛙　113
兎　114
ひとでのある所　114

蛇　115
マンモスの背　116
野の兎　117
狼　118

Ⅱ

星を見ていると　119
アンドロメダ星雲　119
シリウスが見える　121
賢治の星　121
一番星　123
道　123
悪い道　124
ある冬について　125
宇宙の話　126
宇宙について（1）　128

宇宙について（2）　129
ひとつの星　130
月から渡ってくる船　131
それが天なのだ　132
五億年　133
雲　134
紅色のりんご（1）　134
紅色のりんご（2）　135
その以前とその以後　136
もっと静かに　136
オリオンの星の歌　137
宇宙を信ずべきか　138
光の話　139
太陽系　139
ただひとつの願い　140
衣を縫う仏陀　141

ゆう子 142
神 143
キリスト 144
女人 144
荒野 146
神の子 147
荒野とポプラ 148
如来寿量品 148
去って行く仏陀 150
精霊船 151
神様 152
出家する 152
乞食と布施 153
仏陀を書こう 154
破戒の日 155
鬼子母神 156
経 157
エッケ・ホモ 157
仏陀 158
木蓮の花 159

Ⅲ

タクラマカン砂漠 159
其処 161
誰かが言ったに違いない 162
土よりも深い苦悩を 162
ぼくはそれと対決する 163
四月 164
愛 164
雪 165
夜の色 166
ミッシング・リンク 166

三つの道　167
愛の人　168
男の背　169
一本足の廃兵　170
氷原の町　170
スターリンに寄せて　171
兄弟　173
子守唄　174
うた　175
北の裸像　175
秋　176
破船　176
母について　177
教えておくれ　178
エル　179
地底の死体　180
ぶよぶよの魂　181
かたい川　182
五月は私の時　182
おお　それはそれは　184
闇のなかの灯　185
青い草原　186
車をひく父　187
靴の音　187
秋田街道　189
あいている椅子　190
埋火　190
枝を折られている樹　191
エリス・ヤポニクス　192
ぼくという旅人　193
その山を越えよう　193
残るものが残るのだ　194

愛宕山の向こう 195
ソヴエット・ロシヤ 196
長靴をはいて 196

Ⅳ

終りに 197
砂丘のうた 198
大人のための童話 199
ふと涙がこぼれる 201
空洞 202
ある音について 203
ある笑いについて 204
死について 204
死と滅び 205
人 206
岩手山 207

遠い道 208
なぜ 209
愛さなければならない 209
お母さん 210
世界 211
山の道 212
その恋を 212
男 213
道 213
言葉について 214
石に言葉をきざむ 215
そんな世界が 216
不幸は限りなく続く 216
引揚船 217
恋をすると 217
李珍宇 218

戦争（1）　219
戦争（2）　220
戦争（3）　220
戦争（4）　220
戦争（5）　221
戦争（6）　221
爪を切る　221
悲しみを覗く　222
バラ色の雲の見える山　223
人は山を越える　224
河　225
河が流れている　226
海の向こう　226
樫の木　227
病い　228
航海を祈る　229

後記　大坪孝二　230

解説・論考

鈴木比佐雄　232
大村孝子　240
冨長覚梁　245
渡辺めぐみ　250
スコット・ワトソン（水崎野里子訳）　258
北畑光男　265
編集付記　279

英訳詩37篇　スコット・ワトソン訳　318

未発表詩95篇

サナトリウム　1

おおいと思いきり叫んで見たいような
青い森や金色の山を夕暮が移動してゆく
ほら右のあすこの丘だけがあんなに明るい
　のは
きっと雲が青空をあけっぱなしなのだ
その下で先からごうごう鳴っているのは
風だけでなく中津川も一緒にきまっている
肺病は大きな声を出すとカッケツするそう
　だけど
私の声があすこの金色の山にこだまして
サナトリウムまで帰ってくることを考える
と
くちびるをぐっとつぐんでいるのは
煙草をやめる時よりつらいな

ああ　だがなにも邪魔するものがなくて
好きな位静かに坐っていられるのは
なんとすばらしい時間だろう
青田をうねって風が渡ってくる
自然の交響曲をじっくりと聞いて
今夜はぐっすり眠れるに違いない

サナトリウム　2

此処を通る支線列車の鋭い汽笛は
ふと小学校の運動会の
可愛いい喊声《かんせい》のようにも聞え
私は思わず昼食のはしを休める
　幻想ですね
そうです

けれども支線列車は
あたかもそれのように
ガタガタと一生懸命走ります
　幻想ですか
いいえとんでもない
私はあの可愛い子供達が
どうしたら結核に感染しないですむかと
それればかり考えてました

サナトリウム　3

うらの杉山にはリスがいるんだって
もう三匹も見た人があるんだって
そう言えばきじも鳴いていた
安静時間だったけど騒がしくなかった

なにもかもやわらかになって
冬が行ってしまうんだものね
ゆうべ随分しずくがたちたちとけてた
春は病肺には悪いんだって
ふとんの中にかくれなきゃいけないんだっ
て
ああ　けれども見ろよ
今朝の南昌山の輝いてること

サナトリウム　4

われわれ結核患者には
過去なんか用のないものです
とらわれると空洞が大きくなるばかりです

いいえそれでも捨てられませぬ
私の過去は真実を捜そうとした過去でした
山も海も空も
そしてたくさんの人達も
決して遊びではなかったのですから

サナトリウム　5

春になると俺はいつでも岩山にのぼり
てくてく草や木と話しながら
白くぼんやりとサナトリウムを見た
いかにもぼうっと弱々しくて
刑務所よりもまだ影がうすくて
俺は必ず十分間は立ち止まって
中にいる人達のことを考えた
どうかキリスト様
あの不自由な人達へあわれみを
それから佛陀様
どうかあの人達の苦しみをのぞき給え
そのように祈る自分が
いかにもあのたてものとはえんの遠い人間
　のように思われた
私はあほうらしいほこりを持ち
空は痛いほど高く
なにもかもが健康そのものであったから
今日もこのサナトリウムから
あの腰をおろした山を見る
今頃俺と同じような誰かが
俺のことを祈ってくれてると思って

サナトリウム　6

若い身で肺病になって可哀そうだと
Oさんと M さんは私を見ながらこっそり言
う
そういうことはもっとはっきり言うがいい
肋骨を十幾本ととられ
私だってどうして生きて行ったならと思う
し
ああ　そのほかにまだあるんですね
人生一般の歓楽というやつ
それができなくて可哀そうだと言うんです
ね
そういうことは
もっとはっきり言ってくれればいい
なにほんの一寸笑うだけですみますから

サナトリウム　7

自然は最高の詩人であると
自然は最高の哲学者であると
サナトリウムの今朝の桜は
それを懸命に言っています
酒と女のことばかりで花見をするなら
私はほんとうの自分の美しさを見せてやら
ないと
今朝私は生れて始めて
桜のほんとの美しさを知る
思いっきり生きるものの
あとに悔いを残さないものの
未練なく散ってゆくものの

サナトリウム　8

悲しみは暮れてゆく夜の森のなかへ
そっとしまいこんでしまおう
太陽の下では何時でも
ゆびを食いちぎっても笑わなければならぬ
ああ　けれどいつわりの笑いのなかにこそ
ほんとうの悲しみがあろうものを

泣きたいにもなみだも出なくなった
死だけしか残っていない
その人達にこれだけしか書けない私

私のまだまだ分からない
苦しいその人達に
これだけしか言えない私

サナトリウム　9

木々の葉が落ちてくる
ひとりで行っちゃいけない
離れちゃいけないったら

それでも葉が落ちてくる
落ちなければならないように落ちてくる
ああ　落ちちゃいけない
風もないのに落ちちゃいけないったら

それでも葉が落ちてくる
私はそのなかに
かろうじて秋の重さをこらえて立つ

サナトリウム　10

思いきり宗教を罵倒して
思いきり神を否定したあとの
泣きたい淋しさ

人の子にはみんな罪があるんです
イエス様はそれをひとりで背負われて
十字架におつきになったんです
だからイエス様を信ずることによって
みんなすくわれるんです
教会から来たという少女は
一生懸命身ぶりをしながら
それを説こうとする

ほんとうはね
ぼくだって神が欲しいんだ
でもそれだけに人間の汚れた面を見ること
は
小さなことでも反抗を感ずるんだ

ほんとうにただ一途にイエス様を疑わない
少女の清澄さ
その瞳に泥をはきかけた私
少女は星の冷めたい中津川の夜道を
ひとりとぼとぼ歩きながら
なにを感じたろうか
肺をむしばまれた若い男の罪を
きれいな瞳になみだを浮べて
イエス様に祈って歩いてるだろうか
私も同じように
消燈の鐘の鳴り終ったベランダに

固く手をあわせて祈る

神があると思うんです
果てのない宇宙の大きな心です
あの星のなかのどれかが
私の前の故郷だったような
そして更にどれかが
これから行く所のような気がするんです
その中に浮んだ私という存在の
なんという淋しさ

月が出て来たな
少女の顔だな
月光に酔うことは
この頃のように堕落した精神にはよいことだ
真実の孤独というものは
なかなか得られないものだけど
私は今たしかにその中にいる

名も知らない少女よ
あなたにこそイエス様の祝福のありますよう
私は心からそれを祈る

サナトリウム　11

三十にもなったひとりの女の心の
悲しい風景よ

患者だから時々神経がいらいらするだろう
　けど　女をしかってはいけない
少し位不親切にされたって
女らしくない行為をされたって
いじらしくなるばかりなのだ

骨と皮ばかりになった病人を恋するのを
愛のかけらを欲しいばかりなのだから
それを笑ってはいけない

サナトリウム　12

あきあきした部屋の中に
いい加減笑顔も忘れはてて
それでも懸命にうたがわない
いつか平凡な母となることが
女のなによりの幸福であることを

私は男だけれど
今宵思いっきり話したいな
しばらく枯れ切ってたなみだも
あたたかく湧いてくるほどに

暮れかかる山並にひそと目をやって
ほら耳をおすまし
米内川の流れの
その向うの母である海の声を

サナトリウム　13

夜桜の電気の下で
ほんのりと白衣の娘が呼吸をし
自分の気なげな姿を桜に映そうと
白い腕を夜空に投げかける
誰が見ていてもかまわないし
見ていなくてもかまわない
地上に下りた桜の精
看護衣がすっきりと似合うのだ
つい先まで舞台で舞った
藤娘のあで姿にもまして
働く人の自然の美しさ

弟よ

始めて姫神へのぼって雲を下に見たという
その雲がとてもきれいで
まるで孫悟空みたいな気がしたという

岩手山見えなかった？
うん見えた
もっとこんなに大きかったよ兄ちゃん

弟よ私はそんな時
人間の心がどんなに大きく澄んでくるかを
　知っている
たまらなく地上を愛したくなることを知っ
　ている
小さな体にごつごつした山道は

随分苦しかっただろうけど
弟よお前はこれから
ずうっとずうっと山を愛しておゆき
ごちゃごちゃした町の黄色ににごった空気
　よりも
蒼天に雨に風に
ぎんぎんとして永劫を生きている
なによりも山を雲を愛しておゆき
それが何時か険しい険しい道を歩む時
きっと美しい力になる時がくる

今かんこ鳥しか聞えない
静かな下米内サナトリウムから
兄ちゃんのひとつの贈りもの

少女よ

なよなよした若草のような少女よ
その体だってぴちぴちした弾力を持ってい
　るだろうに
見た目はまるっきり純情なのだ
何処を見ているのか
しっとりと濡れたまつげが
おどおどして物も言えない

多分心はペルシャの町か
それとも白い服を着たアラビヤンナイトの
　国の夢を見ているの
なんと可憐な
砂漠を旅するお姫様のように
あなたがあんまり美しいので

みだらな心なんか失ってしまう
私は逢うだけでたくさんなのだ

祐子

祐子　可憐な目をそんなに
私に向けないでおくれ
澄んだその目は私の体中を焼きつくすのだ
が
祐子　私が理性を失った時
一匹の血にうえた恐ろしい野獣なのだ
祐子　ほのかに渡る風のようにさわやかで
牧草のようにしなやかで
馬のようにピチピチしていて
しかもなんにも知らない祐子
私が狼に見えないか
緑の野は一瞬にして荒野にかわり
私は一匹の血にうえた野獣になりかかって
いる
だから祐子よ
目を向うの方にそらしておくれ

病んでいるゆう子

ゆう子は永い以前から病んだままだから
私はゆう子にふれない
ゆう子の悲しみは

火口に煙る硫黄の匂いのように病んでいる
　のだから
私は菩薩になろう
かわいた手を静かに氷らせたまま
永遠にいいえない姿の
私はひとりの菩薩になろう

ゆう子の苦しみは
どろ沼の芦のように病んでやまないから
私は死ねない

生命線

今日はちっとも熱がなかったので
手相の生命線も
なんだかはっきりと見えました
ほんの小さな嬉しさです

馬鹿

死にたいよとそっとつぶやき
けれどもほんとうは
もっと生きたいのだ
自殺しようかとふと思い
けれどもほんとうは
いつまでも生きたいのだ

看護婦

ひるは病院で白衣を着て
夜はキャバレーで客と接するという
そんな女を私は三人も知っている

チップやろうとしてね
ふと気がついたらやつさ
ふうんあの女がね驚いたな

大人よ
みだらな軽蔑の目は消したらいい
女には子供があるということを
子供にはなによりにもまして母様であること
を
私はあなたにそれを言おう
女のためではなく
私もあなたも含めた人間のために

山の幻想

もう幾日山へ行きかねたんだろう
私がこんなに病んでいることを
森の木たちは知っているんだが
病気がよくなったら
なによりも先に山へ行くんだ
ひの木やぶなは至ってほがらかなんだから
おどりあがるに違いないし
くりの木はぱちぱち手を鳴らす
あきおもう歩いていいのかい
ずいぶん待ったんだよ

やぁ　ぶんきちちっとも大きくならないな
くるうしやなんて恰好だい

それから私はからまつの所へ行く
あいつとても淋しがりやなんだから
きっとこう言うだろう
もう逢えないと思っていたよ
あれっきりだと思っていたよ
そんなことはちっともない
私はこうして来てるんだから
そうだそして私はから松から話を聞くんだ
あいつの話のうまさには
誰だってかないっこないもんな
姉さんと別れたかっこうの話だの
星の国へ行ったからすの話だの
しまいにから松は
自分ですっかり感激してしまって
何も話せなくなってしまうに違いない
から松から松
山へ行きたい
なにがなんでも森の木たちが
待ってるというのに

ラリックス物語

村のふるぼけた小学校の片隅に
老いたラリックスがそびえていた
よれよれのみきとよれよれの枝を力いっぱ
　いのばしながら
なおも生きようとして
まっすぐにそびえていた

その根を蟻が巣食っていたことは知ってい
　たが
ラリックスがどんなに淋しかったか
誰も知らない

バサッバサッと枯れ死にきった枝を落しな
　がら
ラリックスは風にゆられて叫ぶ

おおいおおいみんな来い
小さな可愛い子供たち
俺のまわりに遊びに来い
暑い時には日陰になるぞ
寒い時には風よけになるぞ
それからすずめだってからすだって
なんだっているんだぞ

それでも空気銃だけは撃つな
みんな友達なんだ仲よしなんだ
そうだ陣取りだ鬼ごっこだ
わっははは　わっははは
ころんだって泣くものかな
なんていいんだ面白いんだ
おらあ幸福だ
おらあ自分の年を忘れてしまう
なみだが出るくれえだぞ

それで子供達もラリックスが一番好きだっ
　た
枝のすずめや天辺のからすにも
空気銃を撃たなかった
チュウチュウ、カアカア鳴いていた
けれどラリックスは淋しかった

あと三十日程たつと
学校改築のために
自分が切りたおされることを知っていたか
ら

夏休みも終って
子供達はぽかんとした
我を忘れて気抜けがした
切りかぶに腰かけて
くすんくすん声を出して泣きじゃくった

この大きな松の木誰が切っただ
ええ先生誰が切っただ
そう言っては鼻をすりあった
今頃船っこになって海の上走ってぺが
うんにゃ灰っこになって
燃えてしまったべじゃ

そう言った子供達も
今ではずうっと大きくなって
美しいたくましい青年になった
医者になったり役人になったり
軍人になったり芸術家になったりした
けれどラリックスが
三十日程の間どんなに苦しかったか
どんなに淋しかったか
どんなに喜んで行ったか
誰も知らない

若い合唱

やわらかいみどりの季節のように
空をすべってゆく若い合唱

つぼみはふくらんだ
もうそれだけで空いっぱいに花は開く

音には何処にも無駄がないのだから
若い合唱はそのまま
キャンバスに押しつけただけで
光が浮き出るような絵になる

青黒い空に画がかれた四次元の絵
時々あわだつしぶきのように光るのは
なんの音だろうか

三か月

こんな明るいうちから
まだ早いというのに
なぜそんなに急がなければならないの

きっと北極の寒い所を通って来たので
そんな淋しそうにしているんだね

今宵も町から消え去ろうとする
大空の淋しい旅人
さようならさようなら

冬

あんなに飛んでいた赤とんぼも
灰色の空にすっかり消えてしまった
北からのんのんと
大空いっぱいに冬がやってくる

毎日同じ闘病をくりかえし
次の日もまた次の日もちっとも進歩がなく
ああ　このいまいましい日が
一刻も早く過ぎ去ってゆけばよい

北からのんのんと
大空いっぱいに冬が来る

猫のお見舞

目玉くりくり御機嫌よう
あっちへ行ってもこっちへ行っても
今日は寒いですな
そうそうあなたの肺結核には
ビタミンAがなによりです
それから魚の脳みそと豚の神経が一番です
な
それから黙ってねていることですな
ニャアオ、ゴロゴロ
では一寸上らしていただきますかな
ゴロゴロ

クリスマスの夜

クリスマスのうたを聞くと
ほろほろ悲しくなって来ます
サンタクロスのじい様が
来ないからではありません

イエス様
こんなに泣いてもいいですか
貧しき人や病める人
悩める人を尋ね歩いて
今宵は町を歩きます
ほろほろ雪のふる町を
ほろほろ泣いて歩きます

イエス様
あなたを尋ねて歩きます

かんこ鳥

かんこ鳥山の鳥
親を尋ねて一日鳴いて
母様町から帰ったか

西のお山に火がついて
東のお山は日が暮れて
それでも母様帰りゃせぬ
ほんにこよいもどうしよう
かんこ鳥山の鳥

親なし子兎

親なし子うさぎ月の夜
お空の母様恋しゅうて
呼んで見たれど雲ばかり

親なし子うさぎ雪ふれば
白い都が恋しゅうて
はねて見たれど飛べもせぬ

親なし子うさぎただひとり
小さなわが身がいとしゅうて
泣いて見たれど声も出ず

流れ星

流れ星は星のなみだ
ヴェガサスの川の岸にたたずんでいる

ボェオテイアの森
あすこには金の角をした鹿がいるんだよ
きっと

この淋しさ静けさ
あらゆる星がまたたいている
語っている泣いている

恋なれば

恋なれば一人秘めたる恋なれば
人に知られず山に来ぬ
岩肌を登りても見て
山ゆくは嬉し恋するは嬉し

恋なればそと失いし恋なれば
人に知られず山に来ぬ
とめどなく草むら分けて
山ゆくは悲し恋するは悲し

恋なればかるく別れし恋なれば
思いを山に捨てて来ぬ
口笛を風に流して
山ゆくは淋し恋するは淋し

北上川

あしたには山里よぎり
ゆうべにはともしびうつす
雪つもる北の国の
うれいを集めににごれる波か
北上川今日も流れる

幾年も又幾年か
清き流れ此処に帰らず
うたびとよ青める岸に
いずるなみだはるかにのせて
北上川今日も流れる

水つきぬにごれる底に
静まれる遠き秘めごと

みちのくのえにしのつたえ
寄する波はるかに語り
北上川今日も流れる

雪の降る町

雪の降る町北の町
うれいにかげる雪の空
いつか昔の思い出を
ほろりほろりと降ってくる

雪の降る町白い町
あの丘この丘なだら坂
寒さも負けず遊ぶ子に
ほろりほろりと降ってくる

雪の降る町寒い夜は
小さな駅に続く道
ふるさと離るる旅人に
ほろりほろりと降ってくる

女学校の庭

むせるような若いかおりが
病室まで匂ってくるように
笑いがぶつかりあい
女学校の校庭は何時でも春

そのぴちぴちした鮎のような体が
飛びあがる度に駆けまわるたびに

まばら雲のお空がゆれる

自由な空気のなかで
いっぱいに笑み手をのばす娘達よ
私は肺病でもう幾年か
身動きもできないのだ

一本木原

一本木原に蛇いちごが咲いた
とくりにつめていちご酒つくろ
酔うほどつくろ
一本木原の夜は狐が光る
きれいな嫁ごにばけては出ぬか
そんならかまわん

一本木原を蜜蜂が飛んだ
きれいな嫁ごにばけては出ぬか
そんならかまわん

一本木原の松にいなずまが落ちる
馬こ泣く泣くたてがみふった
あわてて駈けた

私

歩いている時だけ私がある
歩いている時だけ私がある

望んで

目ばかり無気味に光る深海魚
ただおのれを信じて大海原に
陽の光を見たまま死ぬという
それが私の姿なのかも知れない

ただ熱心に

ただ熱心に人の子の美を追う
燃えるような目を私は好きだ

軍靴

みにくいのだ軍靴というやつは
踏みにじるものはすべてみにくい

女

かげでこそこそ言うのはやめたらいい
こそこそ笑うのはやめたらいい
どんなにかたちばかりが美しくても
それだけの存在に過ぎないのか

狼

ぼくには落ちつくべき故郷はない
歩くことが故郷であり
ぼくはもう狼になったのだろうか

失恋

これが美しい恋だったら
結婚した女の幸福を祈らなければならない
のに
おれは一体どうしたことだ
十一月の冷たい雨がびしょびしょ降る中を
かさをさすのも忘れてしまい
よくも車にぶつからないで
まっすぐ歩けるくらい
小さなことなんだ
一人と一人の恋なんかくだらないことなん
だ
無理に自分にこう言い聞かせても
雨は時々みぞれにかわり
冷たくびしょびしょふりかかる

キリスト

耐えているな
天空を見つめて
耐える力もなく祈っているな
エリ・エリ・レマ・サバクタニの声は

もう空に消えてしまって
それでも人類のために祈ってるな

＊

キリスト教を云々するな
人道主義なんてなんのことだろう
命を助けてもらいたくて合掌した兵士を
むざんにうち殺したアメリカ兵よ
キリスト教を云々するな

秋と女

あのひといい人だと思うな
全体暗いことばかり耳にしたけど
私はなにげなく散りかかった花壇のなかで
猫とほほずりしていたあの人を見たことが
ある
あるいは花だけだったのかも
あの人の心の幻影だったのかも知れない
悪いけど私は
女の幸せでない美しさを
あの人に感じたのだ

小さな恋人

チーロチロチロ
夜が明け始めたばかりの山裾を
あちこちこだまして少年の声が聞え
サナトリウムはまだ眠っている
チーロチロチロ

子供は一生懸命なんだが
犬はちっとも走ってこない
なにしろ鳴声があんまり遠くなのだ
チーロチロチロ
冷めたくなった小さな手をかじかんだ耳に
　あてて
やがて風に乗って駈け出す
山並はまだぼんやり曇っているが
子供はうれしくて仕様がないのだ
さあもういい加減走って来たらどうだい
小さな恋人よ

ミソサザイ

今日も尋ねたミソサザイ
あなたお加減いかがです
しっぽをふりふりジュクジュクジュク
もみの木の話はどうですか
Xマスの晩に燃えてしまったお話を
可愛いい人魚の話はどうですか
人魚の真赤な血で
海の水が染まった話を
だから海から昇る太陽は
あんなに赤いんですと

ではなにしろ急いでいるもんですから
私は次の病人を
見舞ってやらねばなりません

ジュクジュクジュク

月見草

きれいな水の野の隅に
誰に咲いたか月見草
風にそよそようなだれて
ひとり今宵を咲きました

可愛い蜜蜂蜂の子に
甘いおさとをあげましょう
破れた羽根のちょうちょうに
お宿を借してあげましょう
尋ねる人とてありません

りりりん金の鈴のよな
流れの音を聞きながら
月の光に泣きました

やさしいお日様さようなら
誰に咲いたか月見草
チロチロ銀の糸のような
水に流れてゆきました

北満にて

くまもなく光は輝き
大空をよぎる雲も何処より何処に果てん
神なるか荒野のまこと

黒土は限りもなく地平に消えて
幾度か此処に栄え滅びし国々
変らぬはよろずのさとよ

ひたすらにこの地に生き
土にうもるかすかなり大地の人
たくましき大地の人よ
たくましき大地の民よ

パンパンガール

パンパンガールが生命保険に入ると言った
住所がきまっていないと
父なし子があるんだと笑った
ただそれだけのことだけれど

俺は首を前に出してゆっくり歩く
電信柱にぶつかりそうになりながら
それでもゆっくりと歩く

ああ　聖母マリヤ
世の幾人の人達が
あの女より勝れているというのか

理想

湧きおこる力強い雲のように
私には理想がある
結婚してしまった女のように
夢は捨てはしない

私には理想がある

白い心

三十にもなったひとりの女の
白い心

ゆがんだ笑い
水気のなくなった絵具
たまらない白い心

追憶

さびれた雨のなかの
なにかをひろおうとする感傷は
濡れた一本のしめった光

びしょびしょする雨のなかを
すぎ去ったはずの影が
きれもなしに立ちのぼってゆく

愛

性慾の上にたつものだけが愛だと信ずるように
私はなりはしないだろうか

時々それに夢中になり
神様をおそれなくなるような
そんなものになりはしないだろうか

愛について

骨には憎しみはなかったでしょう
もちろん愛もそうでした

精神とは骨のことですから
プラトニック・ラブなんておかしくって

まき割りじいさん

まごのおみやげにしやんすから
そう言って
お茶に出したつまらない駄菓子を
そっとふところに入れたおじいさん
ああ　かなしいな
そしてとっても嬉しいな

子供よ

私は今に画家になるでしょう
私は今に作曲家
子供よその言葉を忘れないで
あなたの胸にしっかりとたたんでおゆき

丁度あなたの山河の故郷を
いつまでも忘れないように

大人の世界に足をふみ入れたら
きっと失望したり落たんしたり
自殺でもしそうな時がくる
けれども可愛い声で
私はきっと芸術家になると叫んだことを
子供よ
何時までも忘れないでおゆき

仮装行列

美しいと言おう
狂うことが休息である現代なのだから

だがかなしいことに
顔から下はみんな腰
腰から上ははっきりと青い
空の線だ

なぜ

クリスマスになるとなぜ七面鳥が殺される
なぜキリストは黙っているのか

詩人なんか要らない

流れる星は一瞬燃えて
それから叫んだのだ

実にりっぱな世界が来たら
詩人なんか要らないぞ

ぼくも一瞬ぱっと燃えて
こだまのように返したのだ
実にりっぱな世界が来たら
詩人なんかやめてしまう

そうなったらうたわなくたって詩だものな
実にりっぱな詩だものな
実にりっぱな世界だものな

空

空を見れば空しかない
空と話をして空と笑って
ああ　いいなあ
空のなかには空しかない

人

人のかなしみを持つものが
人のかなしみを知るのだ

雲

しばらくぶりで雲を見た
なんとその雲は
空中に浮かんでいるのだ

火

何処かで火が燃えている
消えない火が

白鳥の火

白鳥の火が見える
天がことさらに青い時は
ことさらに白く見える

政党（1）

政党なんかつぶしてしまえ
みんな勝手に心をさぐり合って
かげでペロリと舌を出す
そんなものなんかつぶしてしまえ

政党（2）

右往左往
わめきぐずつき
なんて見事なたわむれだ
なんだか気まずくて
くすぐったくなる

国歌

国歌を聞いてなみだがでた
きみがよは嫌だと思う
何処でふりむいても悪い夢が離れないでいるから
それなのになみだが出た
この国でどんなにつらい目にあっても
なおもこの国に流すなみだなのか
国歌を聞いて
ぼろぼろなみだがこぼれたのだ

死について

死ぬということは
生れる以前に帰ることなのだ

秋の風景

不恰好なひげの長い虫けら
それが触角だったら

そうれさっさと逃げて見ろ
これほど近づいても
そうれそうれ

＊

ずうっと向うの紫の山に
うねうねとした道が細く続いて
峯々には人影ひとりもいない
すすき原には狐が出そうで
吹く風さえうす気味が悪く
道は何処まで続くのか
どこでもいい
さあどんどん歩いて見よう

＊

下界の物音ひとつしない淋しさは
なんというすばらしい大気だ

＊

今日も山にのぼって何事もなく満足し
空の青さに心をひかれ
遠山をのぞみただそれだけ

＊

すすきは哲学者を思わせる
なんの装飾もなく軽い影は
草花の哲学者を思わせる
首をうなだれて
敬虔な祈りをささげているように
質素な哲学者を思わせる

＊

墓石よお前はこっけいだ
もうなんでもなくなった死体を
けん命におさえているお前は
その重量だけなおさらこっけいだ
すましこんで一人前な顔をして

女の子を驚かそうとしたって
なおさらこっけいだ

＊

虫の鳴く声を聞くと
子供の昔を思いだす
昔の声はすずしいと思う
もう冬がせまってくることを
体中に感じるのだ

＊

何時もと変らず平凡に終ってしまうのか
虫の声はそれをひそかにつぶやいている
たまらないいな淋しいな
虫の声はもっと悲しい思い出を持っている
まるで細い糸のような
血にそまった音色
地球が虚空の淋しさに耐えかねて
すすり泣いているのだ

るり草

細い流れの片隅に
小さい青い花をいっぱいに咲かせている
草を私は見る
自分の花のかけがえのないことを
いかにも信じきっているように
るり草は自分の小さいことをよく知ってい
る
バラの華麗さにはなかなか及ばないし
百合の優美さにも到底寄りつけない
だからと言って妙に卑屈になったり怖けた

りはしない
小さければ小さいなりに
根をしっかりとはって青い花を咲かせる
始めて騒々しい社会に出た少女のよう
るり草は随分とかれんだ
それでいて大きな花がしなびかかることが
　あっても
るり草は絶望することを知らない

わすれな草は空の色
わすれな草は水の色
わすれな草には希望がある
私はたまらなくこの小さな花を
愛するのだ

黒い夢

明るい明るいまひるまに
真黒い夢を見た
その暗黒さは何処までも果てしなく続き
底もなく宇宙にただよっていた
そこへほうり出された私は
何処へとも行く自信がなかった
ただ真黒いえたいの知れないものが
果てしもなく続いていた
いつか見た黒潮の潮流のように
私の目の前にそれだけがあり
それだけが続き空と水、水と空
今になってそれを見たのかも知れない

平泉

ミイラをつつんであった一枚の布であった
が
心は八百年前の奥州に飛び
エゾ地を駈けまわる武将の姿が映ってくる
其処はまだ野草のぼうぼうと生え茂った
野獣の吠える中で
俊馬は武将をのせて高くいなないただろう
みやびやかな大宮人が東都にうたを詠んで
　いたとき
中尊寺はエゾ北方のこの国に栄えたのだ

藤原三代がエビスであったとて
それがなんであろう
北上川は数百年の時を流れ
清流はにごりににごって
白砂を黄色く変えようと

姫神山　1

姫神山の頂上に
もやもや風が吹いていた
天上にぴょっこり残されたように
私は其処に立って見た
高天原って多分こんなだったんだろう
高千穂の峰にのぼった神武天皇だって
多分こんな気持だったんだろう
姫神山の頂上に
もやもや霧がまわってた
地獄の釜から吹きあげるように

ちっとも消えずにまわっていた

姫神山　2

ごつごつした岩は岩手山から吹き飛んできたのか
此処だけちょっぴり岩肌だっているのは
岩手山をまねようとしたんだな

うんにゃそうではない
おれは岩手山をまねようとしたんでねえ

昔々マンモスがまだ住んでいた頃
岩手山と背くらべをしたのはお前だろ
けれどもそりゃ無理だった

お前のごつごつとした頂上の岩は
負けたお前を可哀そうに思って
岩手山が投げ下ろしてくれたに違いない

うんにゃそうではない
俺の岩は始めから俺の岩だった

雲が下に見えると思ったら
雲ではない霧だものな
あんまり自慢にならないぞ
姫神山

山の上

この強い風は
山の上だからこんなにも吹くんじゃなくて
たしかに低気圧が移動しているのだ
杉林がむくむくとゆれ動いて
まるで虎の毛並のように
私のほほはびゅうびゅうとちぎれそうになる
この急に吹き出した強い風は
男と女が常に求めあうように
なにか未知なものを求めて
低気圧がたしかに移動したらしいのだ

＊

こんな強い風のなかでも
岩手山はまっすぐに立っている
付近の山々だってあんなにどっしりしている　だが岩手山は特別大きいので
よけいにそう見えるのだ

ふくろうの森

ほうほうふくろうの鳴く森は
ひるでもお日様なお暗い
大きな杉の木生えてます
ほうほうふくろうの鳴く森は
よぼよぼお目目が見えなくて
ふくろうの子供がほうほうほう
母さんふくろうが見えなくて

よぼよぼふくろうがほうほうほうほう
母さん尋ねてほうほうほう

雑音

しんしんとした大気の夜のなかで
暗ければ暗いほど気が静まるのに
電燈がこんなに明るくついている
もう夏の初めなんだから
小さい虫だってぶんぶん飛んでくるし
それに蛙の声だってやかましい程なのだ
しんしんとした大気の夜は
遠い星さえボエオテイアの森に眠ってるの
に
暗ければ暗い程私の神経は
ぶるんぶるんうなるのだ
春がまた来た時のように
もそっと詩的な声でうたわれないものか
まったくあのみにくい姿から
たんぼの水たまりに影を落す小さな星のか
けらでさえ
お前の声にはびっくりするに違いない

私

冷めたい荒野や原始林へ行って見たいと思
う
冷めたい月に向いながら
冷めたい心で私という人間を見つめてみた
い

人の話声が聞えてはいけない
機械の音が聞えてもいけない
あくまでも冷めたい心で
私を見つめて見たい

私という人間は
温い血を持った
その実冷血動物なのかも知れない
だから私は冷めたい月に親しみを感じ
冷めたい荒野や原始林が
胸をうつのだ

小さな風景

好人物な中年の奥さんを
交通妨害だとしかりつけたポリス
うば車のなかで子供が泣いていた
どうしてあんなにいばるのか
ポリスの顔は荒野の狼そっくりだ

＊

恥ずかしそうにこっそりと古本屋で
ひわいな雑誌を見ていた娘さん
あなたも人間なんだよ

＊

墓石をごしごしみがいている人
背をまるくしてもう幾年か続けて来たのだ
ろう
石の表面がぴかぴか光って

それでもなお背をまるくして見つめ
いつか自分が自分のみがいた石の中に
入ってしまうのを知ってか知らないでか
その顔は墓石みたいに無表情である

くろつち

黒土はなつかしい土
過ぎし日の幼き頃の
ふるさとを思い出す土

黒土を歩む今日われ
さめざめとふれて泣いたよ
小川辺をゆきつもどりつ

さめざめとふれて泣いたよ
ふるさとを思い出しては
さめざめとふれて泣いたよ

黒土にそぼ雨降りて
黒土はなおも続けり
小川辺はなおも続けり

春の子

お山の奥のその奥に
小さな子供がありました
みどりのおめめにつぼみの手
そうだ春の子春の子だ

白い粉雪吹きつける
北風じいさん寒い風
小さいけれど春の子は
のぞみに燃えておりました

お日様にっこり顔出して
春の子しばらく御機嫌よう
里の子町の子待っている
川の子海の子待っている

けれどもまだまだおお寒い
いいえかまわず飛んでゆこ
春の子叫んだ見ていろと
お山をみどりにして見せる

影法師

靴音だけが
ただひとつ生きているしょうこでもあるように
お前は誰だ
長くなったり短くなったり
目にはたしかに映っている

けれども私は透明光線から生れ出た
あなたの影なのです

いやなことだ
もっとシャンシャンと歩け

けれども私はあなたの影なのです

電柱兵隊の背高のっぽの
たしかにあなたの影なのです
静かにしておくれ

お嬢さん

この家のお嬢さんは
朝から恋のうたばかりうたっています
胸がはりさけそうで
嬉しいですな

うさぎ

うさぎうさぎ箱のなかのうさぎ
雪の野原が恋しくないか
そらぴょんとはねぴょんとはね
どんなにはねても
お前は此処から出られはしない
雪の野原が恋しくないか

箱のなかのうさぎは
まだ寒い夜明けに恋も知らずに死んだ
いつかの夜こっそりと外に出て
青白い月にぴんと胸を張った時が

聖人

私は聖人でもない君子でもない
だからそんなにうるさくしないで

彼女の一番幸福な時だったかも知れない

お許し下さい

私はもっと他人を喜ばしてやりたいのに
なぜそんな悲しい目をそらすんです
みんな私からいやなことばかり受けてゆく
私はほんとにみんなを喜ばしてやりたいのに

神様お許し下さい

金曜日

今日は金曜だとふと思う
なにがなしにふと思う
あてもなく希望を半分失いかけ
今日は金曜日だとふと思う

秋

うばたまのとばりはおりて
草かげに今日もひそめり
秋虫のいずこにありて
過ぎし日のうたをささやく
過ぎし日ははかなくあれど

なぐさめるすべもはかなき
燈の下吾はねむりて
果てしなき旅をば思う

かみなり

自然の神の混声合唱
ことにもバスが物すごくひびき
人間の汚い臓物をえぐり出してしまおうと
する
光はたしかにそのメスだ

理想

生涯の頼みとする理想が
年と共に朽ちてゆくのだったなら
どんなに淋しいだろう
生きているのがおそろしくなるのは
きっとそんな時なのだ

獅子

大地に両足をふんまえて
天に向って叫ぶもの
ストロングな身体で
草原を縦横にかけ廻る時
私は獅子になりたい

雪の降る晩

しとしと雪の降る晩は
ねんねの子供を思い出す
あの山越えて里越えて
もう幾つねるとお正月

しとしと雪の降る晩は
おとぎの国を思い出す
雪の降る晩ねない子もらお
白い長靴泣く子をもらお

しとしと雪の降る晩は
いつかのお里を思い出す
遠い細道お山へと
幸いすむよなふるさとを

しとしと雪の降る晩は
ねむろとしてもねむれない
夢にきれいな子供の村を
あの山あの里思い出す

七羽の白鳥

雲ひとつない真青な空を
美しい日本紙をちぎって投げたように
七羽の白鳥が飛んで行った
二声三声忘れ難い声で鳴いたけど
いつかあの真白な体も
染まってしまうのかも知れない
いやいやどんなに空が青くても

いつまでも美しい日本紙は
そのまま浮いてることだろう

真青なる大空染めて
何処へか飛びに飛びゆく
美しき羽音も高く
かなしくも白鳥七羽
身の白ははた何時までか

世の色にけがれもせずに
世の悪に染まりもせずに
高空を雪山越えて
鳴く声もいやはて遠く
蒼穹にとけてゆきしぞ

南には幸いすむか
ただ青き大空果ての
ひたすらに飛びゆく先に
その色の白さにも似た
けがれなき幸いすむか

高空の極みの果ては
喜びに晴れると言えど
かなしみに曇ると言えど
北国の恋うる彼の地に
何時かまた逢わんとすらん

南ゆく白鳥七羽
南ゆく白鳥七羽

童話的な雲

なんという童話的な雲だ
お月様のまんなかに
ふわっと浮んで動かない

まるで蛙の声が
そのまま飛んでいって雲になったような
風景

世界中の童話が集まったように
まったく春だな

五葉山の森

五葉山の森のなかを
大きな鹿が飛んで行った
とても見事な鹿だった

五葉山の森には熊の糞が落ちてる
熊は力持ちでおっかねえから
おおろろおおろろ
ほら貝ふきふきのぼって行くべ

五葉山の森のなかは
ひるだかよるだかさっぱり分んね
落葉いつでもじめじめしてて
森の木泣いてばかりよ

『動物哀歌』初版本

序

村野四郎

岩手というところは不思議な地方だ。あの荒涼としたチベット地帯を中心にして、海や平原にひろがる地底に、どんな文明でも知りつくせない、あるいは知ればそれ自身が破壊されてしまうであろう何か非常に神秘的な物質の鉱脈が埋蔵されている気がする。

その鉱脈の一つの露頭が宮沢賢治だった。私はこの地に注目してから二十年、幾つかのさらに新しい露頭を発見したが、その最大なものが村上昭夫だった。

かって私はその破片のいくつか、たとえば「熱帯鳥」とか「秋田街道」とか「ねずみ」という詩を紹介したことがあるが、こんど彼の全作品をよんで、その驚愕をあらたにした。

いったい、これらの驚くべき作品は、いつ、いかなるところで地上に露わにされたのであろうか。これまでずいぶん多くの複雑な現代詩をよんできたけれども、これほど単一的に透明な、深く悲しく、しかも破壊力をもつ詩をよんだことがない。これほど力づよい虚の世界を目撃することがなかった。

およそ、実の世界に限られるのは詩の初歩である。そしてまた、実の世界がひく無の影をうたうものも、もはや私たちの感動をよばない。

実の世界そのものが、すべて無の世界の影であることを実証されるとき、はじめて私たちは詩的に蒼白になるのである。

村上昭夫においては、犬も、蛇も、ねずみもコオロギも、またその声も、女も川も山岳も、みな有の形をもった無の影である。それだから、その形態に無限の寂寥と悲哀がこもっているのである。

「雁の声」という詩がある。

雁の声を聞いた
雁の渡ってゆく声は
あの涯のない宇宙の涯の深さと
おんなじだ

私は治らない病気を持っているから
それで
雁の声が聞こえるのだ

治らない人の病いは
あの涯のない宇宙の涯の深さと
おんなじだ
（以下略）

この悲しみは、この詩人が肺結核の床の中からうたわれているからだけではないのだ。そこに、あの「こおろぎのいる部屋」の幽かな声を、はっきりと聞きとることができるからである。

私は、この詩集に、啄木より賢治より、もっと心霊的で、しかも造型的な文学を見る。

おそらくこの詩集は、真に現代詩の深淵を覗きこみたいと思う、すべての詩人や詩の愛好家に、おそろしいほど新鮮な衝撃をあたえるのではないかとおもう。

最後に、私はこの詩集の刊行にあたって、これまでたえずこの病床の友をはげまし、すすんで詩集刊行の負担を分けもった、この黄金地帯の詩人たちに、深い敬意をささげたいとおもう。

一九六七年夏

I

鶴

あれが鶴だったのか
今になって思えばはっきりと言える

私は失望していたのだ
日毎の餌にことかかない檻のなかで
優雅な姿を見せていた鶴のことを

私は随分長い間
思い違いもしていたのだ
豊かな陽光のもとに
あたかもそれが吉祥のしるしなのだと信じ
　られて
舞いあがり舞いおりしている鶴のことを

だがそのいずれの時も鶴は
それ等の認識のはるかな外を
羽もたわわに折れそうになりながら飛んで
　いたのだ
降りることもふりむくことも
引返すこともならない永劫に荒れる吹雪の
　なかを

あの胸をうつ鶴の声は
そこから聞えていたのだ

金色の鹿

金色の鹿を見た
金色の鹿を見たと言っても
誰もほんとうにはしてくれない
ぼくが頼りにならない少年だったから
ぼくのなかの目立たない存在なのだから
誰もそっぽを向いては
足早に行ってしまう

でもその山ならばたしかにある
みなが五葉山と呼ぶ山で
東は直きに太平洋で
広がる午前の雲を背に深く負いながら
あの鹿はどの方向へ向ったのだろう
そのことをどのように説いたなら
ぼくが分ってもらえるのだろう

鹿が死んでしまうと
ぼくのなかの宝珠が死ぬという
言い伝え
ぼくはそのことを
夕凪の便りのように聞いた筈なのに

すずめ

すずめは撃たれたっていいのだ
捕まったっていいのだ
威かされたっていいのだ

すずめ威しは一日いっぱいすずめを威かすし
なまりの弾は世界の暗い重い色だし
かすみの網はすずめを一度に百羽も捕るのだ
だが誰もすずめを
消しさるわけにはゆかない
すずめを撃つ人も
すずめを捕える人も
すずめをたわいもなく威かす人も
すずめを
失うわけにはゆかないのだ

小鳥を葬るうた

死んだ小鳥は
葬らなければならない

ほんとうの空ならね
何時だって真青な色なんだ
そう思いながら
みきちゃんもかこちゃんもけんちゃん達も
みんな鉄砲なんかうたない
幸せな大人になるんだもの
そう思いながら

死んだ小鳥は
葬らなければならない

熱帯鳥

熱帯鳥が飛んでいるのだと
思うようになった

熱帯鳥は永劫の海の上を飛んでいるのだと
思うようになった
それは黒い巨大なうねりの海を
それは規律を乱した粒子のように荒れる海
を
それは腹をすかした貪慾な魚のなかの海を
熱帯鳥は黒い海の上を飛んでいる
白い鳥だと思うようになった
熱帯鳥は永劫の夜のなかを飛んでいる
寂寥の鳥だと思うようになった
ある時は熱せられふくれあがった雲のなか
を
ある時は恐ろしく冷えきった
弦月の光りの底を

熱帯鳥が近づいているのだと
思うようになった
ひるの喧噪な生活の疲れのひとときに
盗みあう夜のひそかないとなみの
後悔のめまいのあとに
熱帯鳥は
非常な速度で近づいているのだ

雁の声

雁の声を聞いた
雁の渡ってゆく声は
あの涯のない宇宙の涯の深さと
おんなじだ

私は治らない病気を持っているから
それで
雁の声が聞こえるのだ

治らない人の病いは
あの涯のない宇宙の涯の深さと
おんなじだ

雁の渡ってゆく姿を
私なら見れると思う
雁のゆきつく先のところを
私なら知れると思う
雁をそこまで行って抱けるのは
私よりほかないのだと思う

雁の声を聞いたのだ
雁の一心に渡ってゆくあの声を
私は聞いたのだ

鳶の舞う空の下で

鳶が舞うと空が荒れてくると
野良着を着た土地の老人が言うのだ

僕の部落はとても寒くて低い原野のなかに
　あるのだから
それで無数の鳶が舞うのだ
僕の魂は低い原野の部落のように
こごえてさびしいから
鳶の舞うのがよく見えるのだ

僕がまだ幼ない子供だった時
鳶の舞う別の空の下で
北の国へ行く兵士を見送ったことがあった
今ではそれよりももっと寒冷な戦場へ行く
　兵士を
やはり鳶の舞う空の下で送るのだ
やはりあの時と同じように
行ったきり帰ってこない
ぼくの兵士を
鳶が舞うと空が荒れてくる
それは幾年たっても変らない
ぼくの毎日送り続けるかなしい兵士が
永遠に帰ってこない以上

太陽にいるとんぼ

太陽にとんぼが飛んでいると
子供は黒点の乱れを見て言うのだ
私は黙ってしまう
太陽にとんぼがいることは本当なのだから
私はなにも言えなくなってしまう

ほんとうはとんぼは
太陽だけではなく何処にでもいるのだ
銀色のすきとおる羽をきらめかせ
ルリのような目を輝かせながら
宇宙をいっぱいに飛んでいるのだ
それを太陽に見つけたものだから
太陽にとんぼがいると子供は言うのだ

私は黙ってしまう
私はある大事な日に
ある大事なものをこわしてしまったのだか
ら
あれは黒点に過ぎないのだと
それから月には死んだ山があるばかりで
火星なら原始的なコケ類が
かろうじているだけなのだと

それだけしか言えないのだ
とんぼの見えなくなった私を
子供に覗かせるのは恐ろしいことなのだ
例えば暗い矮小な黒点と
死んだ山とコケ類しかいなくなった私を

太陽にとんぼが飛んでいる
子供は太陽を見て言っているのだ
きらきら光る超次元の知恵で
まっすぐに太陽を見ているのだ

鴉

あの声は寂寥を食べて生きてきたのだ
誰でも一度は鴉だったことがあるのだ

人が死ぬと鴉が一羽何処かで死ぬのだと
隣りの部屋の老人が言った
あたかも七十年を生きてきた
その秘奥を始めてうちあけるように

鴉の食べる食物を何時か見た
道に捨てられているけだものの腑を
川を流れてゆく
腑のような血のかたまりを

だがそれ等のすべては
人が己れを他のいきもの達と区別する
高い知性や進歩する科学と
なんの変りもないものなのだ

鴉はそれを食べて生きてきたのだ
誰でも一度は鴉だったことがあるのだ

カラスの火

カラスの火が燃える
プルルプルルと
空が冷めたく暮れる時には
殊更に冷めたく燃える

そのために空が極まりないかのように

プルルプルルと
そのために白い雲が
一層輝いてくるかのように
プルルプルルと

空がまっかに輝く時には
殊更にまっかに燃える

鴉の星

鴉が鳴いていた
ああ　ああ　ああ
その昔睡蓮もゆれていた星で
七月の織女星のように
黒いバラの伝説を秘めていた星で

雪が降り続いていた
ああ　ああ　ああ
星は地球のようにまるくて固くて
けれどとうに止むことを忘れてしまった雪
が
限りなく降り続いていた

伝説は胡弓の調べのように
銀河のすみずみまでしみ渡るだろう
終いまで残っていた魚の思い出に
鴉がひとり無心に鳴いているのだという
ああ　ああ　ああ
止むことを忘れた雪が
限りなく降り続いているのだという
ああ　ああ　ああ

鳩

鳩は住みつくな
あたえられた餌を食べて
そこに平和に住みつくな
使い鳩も土鳩にまじると土鳩になる
そのことが私を悲しませる
鳩は人に親し気によってきて
人の手から不安なく豆を食べる
鳩は仲のよい夫婦の見本にされて
時に人をうらやましがらせたりする
そのことが私を悲しませる
鳩は使い鳥になって飛んでゆけ
鳩は荒野から次の荒野へ
鳩は荒海から次の荒海へ
自らの体をぼろぼろにひき裂きながら飛ん
　でゆけ
鳩が使いをするのを私は思う
鳩のいのちのことを私は思う
鳩が天に昇ってゆくのを思う
渦巻く星雲から次の星雲へ
その羽は今こそ痛ましくちぎれて裂け
その愛くるしい声は火に焼かれた塩のよう
　になり
それでも一心に天を使いしてゆく姿を
あたかも
ゲヘナの火のように思う

鳥の未来

夕暮を飛ぶ鳥の姿のなかに
実験されている未来がある

深山に鳴く鳥の声のなかに
分析されている未来がある

一瞬のうちにおこなわれる空間の
鳥の生殖のなかに
試練を受けている未来がある

今静かに鳥の未来は
青黒い宇宙に向って
音もなく始まっているのだ

リス

リスを見たことを
得意になって言うではないか

枝から枝へ渡ったリスを見ただけで
その手は新らしい棒をにぎり
その目はおさな児のように燃え
その口はまだ聞かなかった声をあげ
烈しく息さえ切らして追ったではないか

だがそれでもなお
リスはつかまらなかったろう
リスは薄日のさす木の枝から次の木の枝へ
隠れては現われして捕え難い思惟のように
姿を消してしまったろう

だから言っておく
私には分るのだ
リスは極く小さないきものなのだ
リスを追うのに
棒などふりまわすものではない
徒党をくんで追うものではない
リスは夜不思議な星がまたたく時刻に
素手でとらえるものなのだ
争いや疲れを癒した夜のてのひらに
やわらかくいだくものなのだ
いだいたならまた未知の明日のなかへ
さようならと離してやるものなのだ
あのリスの目と
ふさふさした尾のなかに
隠し絵のような世界があるのだ

牛の目

牛の目のなかに
牛のふるさとがある
牛のふるさとはかわかぬなみだとなって
何処までも続く牛だけの道だ
日ましに疲労してくる草原のなかを
少しのためらいもなく牛は消えてゆく
そのあとには
とぎれたような風だけが
時々ふっと残るのだ

ねずみ

ねずみを苦しめてごらん
そのために世界の半分は苦しむ

ねずみに血を吐かしてごらん
そのために世界の半分は血を吐く

そのようにして
一切のいきものをいじめてごらん
そのために
世界全体はふたつにさける

ふたつにさける世界のために
私はせめて億年のちの人々に向って話そう
ねずみは苦しむものだと
ねずみは血を吐くものなのだと
一匹のねずみが愛されない限り
世界の半分は
愛されないのだと

空を渡る野犬

凩をふく者は誰だろう
角笛よりも一層深い音の色で
終りなくふきならす者は誰だろう
無法に殺される総てのいきもの
今こそ空によみがえれ
無法におびえている総てのいきもの

今こそ空に眼を開け

ああ　愛をひきさかれるその苦しみよりも
一層深いまなざしで
びょうびょうと果てなく遠く
凩を吹き続ける者は誰なのだろう

その時数知れぬ野犬のむれは
なだれ始める砂丘の傾斜のように
一斉に空を渡り始めたのだ

深海魚

深海魚を見たと思う
生きていると言えばわずかに言える

陽にさらされた深海魚は
あれは魚ではない
日の谷間のかげろう
もっと暗いいのちの影

影がいきなり光線にさらされると
屍になる

それなのに
ほんとうにあれは魚だったのか
陽にさらされた深海魚は

象

象が落日のようにたおれたという
その便りをくれた人もいなくなった
落日とありふれた陽が沈むことの
天と地ほどのへだたりのような
深い思いをのこして

それから私は何処でもひとり
ひとりのうすれ日の森林をのぼり
ひとりのひもじい荒野をさまよい
ひとりの夕闇の砂浜を歩き
ひとりの血の汗の夜をねむり
ひとりで恐ろしい死の世界へ入ってゆくよ
　りほかはない

前足から永遠に向うようにたおれたという
巨大な落日の象をもとめて

熊のなかで

私は熊の爪割れた爪先のなかで
生存しているのだ

私は熊の青黒い背中のまるみのなかで
朝の食事を終えたのだ

私は熊のわびしい茶色の眼のなかで
私の性を汚したのだ

やがて私は

熊の小きざみにふるえるおえつのなかで
私の一生を終えるのだ

熊のなかの星

熊のなかで別れてゆく星がある
熊のなかで別れてゆく星が
人のために別れるのだ

熊のなかで失われてゆく星がある
熊のなかで失われてゆく星が
人のために失われるのだ

熊は飢えたり殺したり
皮をはぎとられたりきもをとられたり
それから恐怖したりしかできないのだが
熊のなかで飢えたりするその星が
人のために飢えるのだ

豚

悲鳴をあげて殺されて行け
乾いた日ざしの屠殺場の道を
黒い鉄槌に頭を打たせて
重くぶざまに殺されて行け
皮を剝がれてむき出しになって行け
軽いあい色のトラックに乗って
甘い散歩道を転がって行け

生あたたかい血を匂わして行け
臓腑は鴉にくれて行け
そのために屠殺場が近いのだと
思わせるように鴉を群れさして行け

人は涙など流さぬだろう
人は愛など語らぬだろう
人は舌鼓をうってやむだろう
その時お前は
曳光弾のように燃えて行け

屠殺場にある道

人の子ひとり通らない
けれども通って行った者がある
それがなになのか分りはしない
ひとつの点のようにも遠く
ひとつの塵のようにも軽く
けれどもたしかに振返りながら
歩いて行ったものがある

例えば見詰めてくれていた誰かの眼が
あんなに冷めたくはない
真白な雲になってはいないかと
冴えてくる虹のようなその道を
のぼって行った者がある

あるいは落してくれた誰かの涙が
もしかして
水晶の玉になどなってはいないかと
とぼとぼと独りのその道を

捜して行ったものがある
人の子ひとり通らない
けれどもたしかにその道を
通って行った者がある

宇宙を隠す野良犬

野良犬はなぜ生まれてきたのか
それが分る時
宇宙の秘密が解けてくる

それはなぜ好かれないのか
その肌はなぜ悪臭に汚れていて
なぜみなに追われるのか

それはなぜ痩せているのか
消えそうにも痩せていながら
なぜなおも撲殺されようと
つけねらわれているのか

それはなぜ尻尾をたれるのか
人の姿を見さえすると
なぜおびえた痛ましい目を向けて
逃げ去ってゆくのか

そして野良犬は
これからも生まれるのだろうか
生まれて誰にも好かれはしないのに
何時も固い棒で追われるばかりで
かど立った石で打たれるばかりで

何時も暗くて際のない死に
おびえていなければならないのに
野良犬は
なんべんも生まれるのだろうか

それが分ってくる時
宇宙の秘密は解けるのだ
宇宙の端が一体なになのか
その先がどうなっているのか
一匹の地に飢えた野良犬が
雨に濡れながら逃亡を続ける野良犬が
それをしっかりと
隠しているのだ

坂をのぼる馬

坂をのぼる馬があった
その時馬を見つめていた人と
人の眼があった

坂をのぼる馬は
坂のために生きたという
その時村があった
町さえもまだ広く広くあった

だが坂をのぼる馬が
坂のために永劫を昇華しはてた時
馬の背にあった一切の未来は
豪雨のように流れたろう

そうして今は
のぼるべき坂もない
ただ抵抗のない白い平面が
原始のように続くだけなのだ

犬

犬よ
それがお前の遠吠えではないのか
また荒野の呼び声と伝えられる
月に向かって吠えるのだと言われる
それがお前の不安な遠吠えではないのか
お前の遠吠えする声の方向に
死なせるものや愛させるもの
別れさせるものが
目も眩むばかりにおいてあって
お前はそれを誰も知らない間に
密かに地上に呼んでいるのではないか
だがお前はひるになると
まるでそ知らぬ顔をして
尾をふったり飛びついたり
愛くるしい目を向けたりする
真実忠実な犬でしかないように
嘘の姿を見せるのだ

失われた犬

あれは何時のことだったか
犬が犬でなくなったその日は

その時から
ひとつの言葉が失われた
馬の言葉が
牛が羊が魚が虫が
とだえた河のように見えなくなった

今では犬は町のものだから
異様にふくれた町のようにみにくい
犬の食物は月のかけら
犬の飲物は月のひかり
今では犬の食物はなんだろう
森の精神でもなく
一滴の岩清水でさえないのだ

按摩と笛と犬

笛の音だけが歩いてくる
犬よなぜ吠えるのか
笛の音にかみついたとて
お前も笛になるだけだから
それではあまりにもむなしいことだから
犬よ
あの音がやめば人が現れるのだから
それまでに通り過ぎてゆく
笛の音を聞くがいい

亀

亀の甲羅を割った人と日を覚えている
固い石の上にうちつけたのだが
その時から一瞬
世界の不幸が始まった気がする

割られた亀の甲羅は
まだ若くてみずみずしかった
宇宙が改まらない限り
亀は何時でも亀のままな気がした
亀は何時でも静かな水の底でいるものだか
ら
亀の流す涙は
亀自身にも見えない気がした
亀は宇宙の改まる日を
じっと待っているのだ

芝居をする猿に寄せて

猿のなかを
いま嵐が渡っているのだ
猿のなかを
いま乾風が吹き始めているのだ
猿の際限は
はかり知れないほど広いのだから
猿のなかを嵐が渡ってゆくのに

五十億年はかかるだろう

猿の奥底は
深さ知れないほど深いのだから
猿のなかで乾風が吹きやむまでに
それから五十億年はかかるだろう

猿のなかを
暗い嵐が渡っているのだ

猿のなかを
あの吹きやまぬ乾風が
いま吹き始めているのだ

スクリュウという蛇

ほんとうに見た結果言うのか
スクリュウという蛇のことを
錦蛇など問題ではない
世界にスクリュウという蛇がいると
ぼくは正面切って言いたいのに

スクリュウという蛇がいる
そのためにぼくはマット・グロッソが無性
　に恋しいのだ
マット・グロッソから大湿地原に吸われて
ゆく
アロヨ・トルカーサという
アマゾン支流の名が忘れられないのだ

錦蛇が蛇の限界なら
ぼくの見る宇宙の深遠な夢も限界だ
スクリュウという蛇が
ただの言い伝えに過ぎないのなら
ぼくの尋ねるもっと果て知れぬ神も
それまでだ

だからほんとうに見たのかと聞いている
マット・グロッソの昼なお暗い湿地原を
密かに渡ってゆく四十メートルの水蛇を
必死になって周囲をまさぐる盲いの子のように
聞いているのだ

都会の牛

都会のなかを
荷をひいた牛が歩いてゆく
都会のなかを
牛の歩くのが許されるものだろうか

都会のなかは
舗装された道路が美しく続いていて
大型のバスや高級なハイヤーや
新らしい流行の服を着た
都会人が歩くものなのだ
それなのに荷をひいた牛などが歩いて
いいものだろうか

都会のなかを

牛が歩いてもいいという
法律があっていいものだろうか

それはまだ
牛のやってくる草原があり
その草原が見極めえなかった夢のように
背後にあるとでもいうのだろうか

それはまた
牛の入ってゆく河があり
その河が見果てえない荘厳な滝のように
宇宙へかかっているとでも
いうのだろうか

虎

虎にでもなろうではないか
綱渡りをする場末の虎ではない
だんだらもようのびろうどの肌で
びょうびょうと笛を吹こうではないか

山に満月がかかる時があれば
かなしく高く祈ろうではないか
おれは兎などを苦しめぬ
おれは鹿などを傷つけぬ

そしてびょうびょうと笛さえ吹けば
それこそ四次元世界への郷愁

ああ　実に虎にでもなってしまおうではな

いか
だんだらもようのびろうどの肌で
びょうびょうと笛でも吹こうではないか

石の上を歩く蚯蚓《みみず》

蚯蚓が歩いている
固い石の上を歩いている
陽に刺されては横転しながら
あてもなしに歩いている

蚯蚓を見詰めていると
私こそ蚯蚓だったような気がする
あるいは蚯蚓の上を吹いていた
風だったような気がする

陽に刺され続ける蚯蚓は
刺された末に死ぬだろう
この世界の始めからの
しみだったように転がるだろう
陽を透さなかった石だけが
何事もないように残るだろう

だがそれからも私は
見詰めてやまない気がする
言い知れない長い時間のなかを
言い知れない風の恐怖のように
吹いてやまない気がする

鳥追い

安寿恋しやほうやれほ
厨子王恋しやほうやれほ

一本の細い竹竿の先端に
雀が一羽死んでいる

安寿恋しやほうやれほ
厨子王恋しやほうやれほ

行ってしまった人買の船は
今頃何処を走っていることだろう
竹竿は遠く静かにゆらぎ
億万年の秘法はゆらぎ
そんな宇宙がかすかにある

私をうらぎるな

夜を見はっているつながれた犬たち
私に向って吠えるな
私が誰なのかを知ったなら
吠えることはできないだろうに

おびえる風のなかの雀たち
私の行先から舞い立つな
私が何を聞きたいのかを知ったなら
舞い立つ必要はあるまいに

地からはい出た痛ましい虫たち
暗い穴のなかに隠れてゆくな
私が何を捜しているのかを知ったなら
隠れる必要はあるまいに

冷めたい水のなかの魚たち
私の足音が近づくからと言って
わびしく散り去ってはゆくな
私が何処へ行くのかを知ったなら
散りさることはできないだろうに

私はそれを聞きにゆくのだ
私はそれを捜しているのだ
私は其処へ行こうとするのだから
どうか私をうらぎるな

化石した牛

一言の言葉もなしに牛は化石した
かわいてゆく草原の痛みを
もう誰も知ることはできない

そして千年
今は反芻されるなにものもないだろう
鞭うたれる
きびしい雪も降らないだろう

化石した目からなおせんせんと滴る
それは泥なのか
　遠い河の固まり始めた音が
かすかに聞えるのだが

化石した牛は話そうとしない
二度と歩もうとしない

巨象ザンバ

ザンバという巨象がいた
ぼくはその象の話なら度々聞いている
それは昔からザンバと呼ばれる象で
澄んだ夜空のように青黒い肌と
半月のように冷めたい牙を持っていて
ひとりの仲間もなく
さまよい歩いている象なのだと

ザンバという名の巨象はたしかにいた
ぼくはその象の遠吠なら度々聞いている
それが嘘ではない証拠に
そいつはタンガニイカの高原や沼地の中を
あるいはガンジスの上流の森林や
ゴビの砂漠の砂塵のなかを
実に恐ろしい巨体で
どしりどしりと歩いているのだ

ザンバの年令は幾百才と言ったか
幾千才と言ったか忘れてしまう
なにしろぼくの生れる以前からの話だから
幾才と言ったらいいか分らない
だが巨象ザンバの名を聞くたびに
ぼくは宇宙の半分を聞いてしまった気がして
度々泣いてしまうのだ
ザンバの肌はあまりにも青黒い空のようで

ザンバの牙はあまりにも冷めたくて
ザンバの耳や鼻なら
あまりにも寂寥の象らしいから

巨象ザンバはたしかにいるのだ
ぼくはその象の足跡なら度々見ている
その象の足跡は
覗けない大地の井戸のほど深々しいから
ぼくはひと目見ただけで分るのだ
そしてぼくはザンバの話なら
小さい子になら何時でもできるのだ

巨象ザンバはたしかにいると
ぼくはその象の永劫の遠吠を
度々聞いているのだと

つながれた象

立っているよりほかはないから
細い目で立っているのだ

見るよりほかはないから
隣りの象をさぐるのだ

空がかわけば鼻をゆさぶり
空がぬれれば鼻をゆさぶり
それが
生きることなのだと

吠えるよりほかはないから
遠く遠く吠えるのだ
そして

眠るよりほかはないから
死んだように眠るのだ

灰色のねずみ

宇宙は灰色のねずみだ
または灰色のねずみの
つぶらな灰色の目だ

灰色のねずみを生んだのは
黒いかぶと虫だ
その時かぶと虫は
紙魚の薄明のへりを歩いていたのだ

宇宙が灰色のねずみだということを
なぜまっすぐに言えないのか
ねずみを生んだのは
黒いかぶと虫だということに
なぜちゅうちょするのか

その時かぶと虫が
紙魚の薄明のへりを歩いていたということ
に
なぜ目をそらそうとするのか

すべていきものというものは
こういうものなのだ
すべていのちというものは
こうあるものなのだ

あざらしのいる海

あざらしのいる海は
カラカラ　カラカラと鳴るという

あざらしのいる海は
氷塊と氷塊がふれあう音がして
それが
カラカラ　カラカラと鳴るという

実はそれを言う人のなかに
あざらしの住む海があって
それが
カラカラ　カラカラと鳴るのだ
それが聞える人のなかに
氷塊と氷塊がふれあう海があって
それが
カラカラ　カラカラと鳴るのだ

あざらしのいる海は
灰色の雲がひくくたれこめていて
そこから灰色の雪が
毎日毎日降るのだという

私はあざらしを見たこともないのだが
それを聞いてあざらしが分るのだ
世界にはあざらしがいる
世界にはカラカラ　カラカラと鳴る海が
　あって
そこにあざらしという
いきものがいる

その海があざらしを話す人のなかで
永遠に鳴り続けるのだ

干された泥鰌

干された泥鰌は宇宙の尾根だ
高潔な思惟の数々が
干乾しになって連なっている

泥鰌を吹いていた風は
星の粒々だ
風が濃く吹き渡った時
天の向うが濃く見えたのはそのためだ

愛だという思念が
昔物語りのように遠くなり
失われたべとべとの粘液が
ものうげに
何処かで語られている
星はその時音もなく泣いているのだ

死んだ牛

牛の匂いがしてくる
死んだ牛が匂うのだ

其処は何処だかも分らなくて
ぼくらはとぼとぼと歩いていて
とぼとぼ歩いているのはぼくらだけではな
くて

だからもう幾匹目かの
死んだ牛が匂ってくる

牛がいるからには
其処は広がる大陸なのだろう
ぼくらがとぼとぼ歩いているからには
ぼくらは敗れた民族なのだろう
ぼくらは遠い昔に恋人を犯してしまって
それからはこんなに淋しくうつむいて
歩き続けているのだろう

だがぼくらはなんという恰好なのだ
戦闘帽などはすかいにかぶって
人間のひからびた形骸のように
後生大事に軍服などをつけて
敗れた悲しい思い出のうたを
何時までも夕陽のように
夕陽のようにうたいながら

ぼくらがこうして歩いているかぎり
牛の匂いがしてくる
もう幾匹かの
死んだ牛が匂うのだ

黒豹

黒豹が私を見詰めている
黒豹が私を見詰めていることなら
私はすでに気がついている

私は黒豹に殺されるのだ

私はいくさでは死なないのに
私は病気では死ねないのに
私は何時か黒豹の鉄の檻をあけて
その鋭い爪で
無惨にひき裂かれるのだ

黒豹が私を殺すことは
私にとって必要なことだからだ

黒豹が鋭い爪と
稲妻のような牙と
ありあまる殺意を持っていることは
私にとって
すべて約束されていることだからだ

蟻とキリギリス

馬鹿なやつだ
蟻はさも軽蔑したように言った
三日うたって冷めたくなる
しかもなんのたくわえがあるというのだ

まったく秋は
キリギリスのうたのようにはかない

馬鹿な奴だ
とにかく蟻は言い足りないようにして言った
自分の穴を掘ることさえ知らないで
ぜんたいなんのいのちだというのだ

まったく冬は
キリギリスの屍のように冷めたい

蟻は存分食べてめっきり太り
ずんと触角をのばして言った
俺などはまあ
昆虫共の霊長だものな

蟻は限られた穴のなかいっぱいに
満足して眠り始めた

象の墓場

象の墓場が
私をひきつけるのはなぜだろう
其処にある言い知れぬ寂寥が
私を呼ぶのではない

あの巨大な象の姿が
恐ろしいほどにさびしく見えるのはなぜだ
ろう
其処にある墓場に向って
歩いているからではない

幾百の白い象牙の散らばりもさびしくはな
い
のびあがる鼻も皺寄った固い皮膚も
きれ長い眼も薄い耳も
草原に響くふとい咆哮も
さびしいものはなにひとつないのだ

それなのに
あの伝え聞いただけの象の墓場が
私をひきつけるのはなぜだろう
象が巨大であればあるほど
言いようもなくさびしいのはなぜだろう

それは恐らく
象の墓場から抜ける風の洞窟があって
象は其処から
皺寄った皮膚を捨て
鼻を捨て耳を捨て目を捨てて
それからは誰も説くことのできない世界へ
当然のように歩いて行くからだ

うみねこ

うみねこをかもめという人がある
うみねこはかもめと呼ばれながら
あの冷めたい逆白波のたつ浜辺を
さまよっているだろうか

うみねこは害鳥だという人がある
うみねこは苗代を荒らすと
うみねこはたにしや人のものを盗んでゆく
　害鳥だから
滅ぼしてもかまわないという人がある
うみねこは害鳥だと言われながら
あの腐った港の水や離れ小島や
貧しい村の田の面の上を
鳴き続けているだろうか

うみねこが魚をみつけるのは
たかが知れているという人がある
せいぜい僅かな鰯位だという人がある
うみねこはまだ見えない魚を尋ねながら
大きくうねる沖に向って出て行くだろうか

その時人はうみねこをなんと呼ぶだろう
あれは海へ行ったもう帰ってこないのだ
あれは見えなくなった
いけない悪い鳥だったと呼ぶだろうか

だがうみねこは億年来うみねこだったのだ
億年来害鳥であったためしはないのだ
億年来魚を捜しもとめながら
はげしい沖へ向って出て行ったのだ

それが
うみねこと呼ばれなければならない
鳥なのだ

じゅうしまつ

じゅうしまつはふいに部屋にやってくる
じゅうしまつは病んだ人の飼う鳥だ
隣りの部屋では
じゅうしまつを人に踏みつぶされた女の人
が
髪をふりみだして泣いた

下の草はらでは
めでたい日に美しい着物も着れない少女が
じゅうしまつとたわむれて遊んでいる
じゅうしまつは逃げる少女に
幾度も幾度も追いついてゆく

既に病んだ人には
じゅうしまつははっきりとその姿を見せる
病みかかっている人には
じゅうしまつはその僅かな声を聞かせる
そしてまだ病まない人には
じゅうしまつはそのまだ見えない姿を
かすかに覗かせるのだ

実験される犬

飼われたと思っているのか
鎖につながれていながら
そう思って通る人に吠えるのか
口にいっぱい泡をふくんでいるところは
よほど狂犬にも近いのだ
それはもう幾度か実験されたのち殺される
それでも飼犬のように吠えている
しかも一匹ばかりではない
およそ数十頭も吠えている
私はいま恋人に逢いに行くところだが
此処からはひきかえさなければならない
ひきかえさなければ私も死ぬ
口にいっぱい苦い泡をふくんでいる
実験される犬がいるのだ

黒いこおろぎ

私らの苦しみは
黒いこおろぎの黒い足のつま先の
一万分の一にも値いしない

私らの考えていることは
黒いこおろぎの黒い足のつまさきの
一万分の一にも値いしない

私らの持っている不治の病いも
かさなる願いごとも
私らの死でさえも
あの秋を鳴く黒いこおろぎの
細い足のつま先の
一万分の一にも値いしない

世界はまだできあがらない
黒いこおろぎなのだ

捨て猫

あれがひろわれることがないなら
世界はまだぶよぶよのかたまりだろう
およそあれがひろわれなかったことを
見たことがない

あれが誰にもひろわれなかったなら
世界は雨と風と吹雪のなかに
塩をかけられたなめくじのように溶けてい
るはずだ

あれは捨てられたその時から
親も兄弟も
あれに加わる味方は誰ひとりいないのだ
親はあれのひろい主をかんじょうに入れて
また捨て子を生むのだ

夜中じゅう鳴きあかした
あれの鳴声が絶えたとき
もう何処をさがしても
あれの死がいさえ見つからない

犬

犬よ
お前は荒れた魂のために死ぬのだ
荒れた孤独な世界の魂のために死ぬのだ

愛もじょうぜつもなく
恐怖や飢餓の光もとどかない世界の奈落の
　底で
淋しい狼が吠えている
淋しい狼が
今日もはて知れなく吠えている

犬よ
お前はその狼よりも
もっと淋しい世界の魂のために

死ぬのだ

駱駝

世の創生と共に
駱駝は瘤を負って歩いてきたのではあるまいか

およそ砂漠という砂漠と名の付く所に
ひとつの瘤の駱駝が
ふたつの瘤の駱駝が
背中じゅう瘤だらけの駱駝が
何時も苦しく歩いているのではあるまいか

瘤をひらけば
ささやかな脂肪と
ささやかな水分に過ぎないのだが

紅の砂漠には紅の冷めたい駱駝が
白い一面の砂漠には白い一面の駱駝が
橙色の砂漠には橙色の寒い駱駝が

およそ砂漠という砂漠と名の付く所に
ひとつの瘤の駱駝が
ふたつの瘤の駱駝が
そして背中じゅう瘤だらけの駱駝が
とても苦しく
歩いているのではあるまいか

こおろぎのいる部屋

部屋にはこおろぎがいるのに
なぜこおろぎの話をしないのか
この部屋の人達はみんな女の話ばかりする
女は男の話ばかりする
そうしてそのために
みんなが猜疑し合っている

部屋にはこおろぎがいるのだ
秋になるとどの部屋にも
きまってこおろぎがでてくるのだ
こおろぎは世界のすべての恐怖や
死や病いや離別やその霧の彼方とかいうも
　のと
同じ深い方向からくるのだ
それをこおろぎというのだ

だのにこの部屋の人達は
みんな酒に酔う話ばかりする
女は男が酒に酔う話ばかりする
そうしてみんながそのために
軽蔑し合ってばかりいる

こおろぎを話しさえすればいいのだ
こおろぎがなぜ現れてきたのか
こおろぎが現れなければならない不思議が
世界の何処かにあったのか
こおろぎのかたちのことを
こおろぎの鳴く音のことを
こおろぎの遠い日の恐怖のことなどを
この部屋で

話しさえすればいいのだ

ひき蛙

お母さん
もし私が醜怪なひき蛙だったなら
あなたならどうします

おお　恋人ならば
たちまち目をまわしてしまう
燃えるように見つめてくれた目を
恐怖とにくしみにかえて
千里も遠くに去ってしまう

もしもまた妻ならば
子を残して家に帰ってしまう
なぜかというと
その子も私と同じひき蛙なのだから

でもお母さん
あなたならどうします
私がひき蛙だったなら
ひき蛙よりも
もっとみにくいいきものだったなら
きらわれるまむしだったなら
つられたあんこうのぶざまだったなら
もしもあなたに
それらが私であることを告げたなら

兎

月には兎がいるのだと
私は小さい時思っていた

恐らく月はでこぼこの冷めたい山が広がる
　ばかりで
平地には崩れた塵埃が
幾重にも重なっているだけだろう

海というものは名ばかりで
一滴の水もない暗さが
深く沈んでいるだけだろう

だが今でも私は
月には兎がいるのだと思っている

月は昔疲れた飢えた旅人のために
身を焼きささげた兎だったと
この涯というもののない宇宙のなかには
死んだものはひとつもいないのだと
おそらく数知れない天体のなかには
数知れない兎がすんでいて
数知れない疲れた旅人もいるのだと
今でも子供のように思っている

ひとでのある所

ひとでのある所までおりてゆこう
そこから地獄の火が見えるはずだ
ゆれる破船の尾灯のように
かすかに見えるはずだ

ひとでのある所まで
九十九億の階段があるだろう
そこから地獄の火まで
更に九十九億の
かたい階段があるだろう

百段目から
周囲が古びた森林のように
暗くなるはずだ

千段目から
すべての目がうしなわれかけるように
見えるものがなくなるはずだ

ひとでのある所まで
九十九億の階段をおりてゆこう
ひとではそこに
ひとででなければならないもののように
待っているはずだ

ひとでのある所から
九十九億の階段をおりてゆこう

蛇

蛇は頭をさかれて死んだ
まるで生きている
蛇そのもののように

蛇は重い影のように川を流れた

もしかしたなら
蛇を流れてゆく川だったか
流離した川の瀬音だったか

世という世にはなぜ
嫌われるものと嫌うものがあるのだろう
蛇の記憶は
流れ星となって虚空に消えた

それからの一面の野の亀裂
一面の荒野の果に
白い花は咲いたという

マンモスの背

禁慾した姿勢のままに
マンモスは夜を眠ったという

禁慾した姿勢のままに
マンモスは未来を信じたという

眠りの姿のマンモスが
其処にあった一切の形象を否定して
豪然と崩れ落ちるのは
何時の日だろう

未来を信じたマンモスが
遠い海鳴りのように
歩み始めるのは

禁慾した姿勢のままに
今五十億年を眠るという
その背こそかなしきいきものの
その背こそわびしきいのちたちの
唯一の実存の
歩行の場なのだ

野の兎

野の兎を追い出すな
そのような新しい銃をかまえなくても
兎ならば石ゆみででも追えるのだ
兎の赤い目を消すな
そのように尖鋭な弾を込めなくても
兎の赤い目ならば
石つぶてでも消せるのだ

野を渡る兎の跳やくは
世界と共に流れるものなのだ
野を見つめる兎の赤い目は
世界と共に終るものなのだ

だから兎を撃ってはいけない
兎を野から追い出したところで
あとにはなにも残らないのだ
兎を血みどろにして殺して見たところで
そのあとには
なにもありはしないのだ

狼

狼は火炎の国の動物だ

ぼくは今長年の業病のなかから
狼の世界のことばかり考えている
ウォーンとかわき切った声をぴたりと止め
　るという
それ以上に不可思議な
炎の国への通信のことを

ぼくの北の辺鄙な故郷では
犬が深夜の天に向って遠吠えを始めると
火柱が立つという伝説があるが
その火ではない別の火のことを

それは鄙猥な歌や踊りで騒がしくない所
スターなどという人のいない所
あやまって其処に立ち入ったなら
二度と出てくることのできない
異次元世界の火炎のことを考える
其処に吠える揚言どめの声
其処に存在する毛の磨り切れるまで磨り切
　れた生きた物体
物体の死守する終末の地

それが存在する限り
朽ちたり燃え落ちたりすることのない四方
　の眺望
狼の住む場所こそ
其処なのだと考える

Ⅱ

星を見ていると

星を見ていると
人類が最も下等である世界が
ありそうな気がする
この地球上のアミーバのように
其処では人間が厚みのない光のレンズでの
　ぞかれているだろう
さまざまの罪悪が色彩別にされて
塵ひとつない透明な壁に
標本のように刺されているだろう
つまみ出されたみにくい欲望の数々が
暑さも寒さもない炎の輪のなかで
美しく結晶を始めているだろう
星を見ていると
まるで神経の感じられない
ひとつの巨大な目に
もうずっと以前から
のぞかれているような気がする

アンドロメダ星雲

その星雲の名を
アンドロメダ星雲とだけしか
私等には言えない
それは銀河宇宙に最も近い星雲で
それでも二百万光年も遠くにあって

やはりひとつの渦状星雲なのだと
あるいはまた
その星雲は数千億の星々の集りであって
そのなかにはおそらく千万もの
生物の住んでいる可能性のある星が
あるはずだと

あるはずではないかと
それだけしか私等には言えない

それは犬の形をしているから犬だというのと
水のなかにいる魚だから魚だと呼ぶのと
変りはないのだが
その形はほんとうはどんなものか

その意味はどういうことなのか
千万の星にいる生物のひとつの姿も
私等には言えない

言えないから私等は酒を飲み
言えないから私等は煙草をくわえ
言えないから私等はその度毎に女を抱き
疲れたふりをして夜をねむり
罪を負ったふりをして飢えと痛みをつくり
そしてひっそりと死んで見たりする

ああ　だがどうしても
それをアンドロメダ星雲としか
私等にはそれから先のことを
言うことができないのだ

シリウスが見える

見えていたものが嘘のように見えなくなっ
　てくると
シリウスが見える

空なら川も流れていように
川ならば水草も映っていように
天ならどほっと暗いばかり
暗い闇の闇のなかの
残されたひとつのもののように
シリウスが見える

残されたもののたしかさを信ずると
ひとりを眼覚めていると
シリウスが見える

ただしいことはやはりただしいのだと
叫ぶことになぜ苦しんだりするのか
シリウスが見えてくると
私のなかにもなお
シリウスがあるのだと思う

始めて光を見た時のおののきで
シリウスが見える

賢治の星

小熊の星のまっすぐ上に
むせぶように光っている星がある
あれはね

賢治の星ともいうのだ

ぼくは賢治のことをよくは知らない
でも賢治の星なら知っている
あらゆるけものもあらゆる虫も
みんな昔からの兄弟なのだから
決してひとりを祈ってはいけない
賢治の星ならばよく分る

さそりの針を少しのばすと
おののくように光っている星がある
あれはね
賢治の星ともいうのだ
実をいうと
どれがほんとうの賢治の星なのか

はっきりということはできない
でもどれにしても
まるであやまちだとは言えないのだ

お前がほんとうにポウセを愛するなら
なぜ大きな勇気を出して
すべてのいきものの
幸福をさがそうとしないのか

もっと目をあいて大きく見ようよ
北からも南からも
限りなく光ってくる星がある
あれはね
みんな賢治の星と言ってもいいのだ
そうしてあなたたち
ひとりひとりの星だと言ってもいいのだ

一番星

〈一番星はどんな星〉

一番星は空の悲哀の子だ
あとからどんなに沢山の星が出てきても
一番星は慰められない空の孤独の子だ

一番星は空のかたくなの子だ
あとからどんなに愛の言葉を投げかけても
一番星は救われない空のかたくなの子だ

一番星が出てくると
にわかに空は暗くなる
それからは沢山の星が集り
沢山の見えない世界の星雲が集り
一番星の不幸な孤独を監視する
誰もがそれになりたくはないから

一番星は最初の不安を空にもたらした
それゆえに何時までも世間にとけこめない
空のひどいかたくなな
不良の放蕩の子なのだ

道

その道をゆけばみな小さくなる
うねる大陸の砂丘も大草原も
カラコルムの氷河もマット・グロッソの湿
　地原も
なにもなくなる

やがては暗黒の空間に浮ぶ巨大な恒星も
泣きたいほどに小さくなる

その道のために
ふるさとのあたたかい山河のかなしさ
きびしい渦の星雲の紋様のわびしさ
そして世界のベトンの街々の
灰色のむなしさ

帰れないその道をゆけば
総てが深夜の尾灯のように小さくなる
宇宙いっぱいのホモ・サピエンスの
苦悩の切れない道
億兆の生物の異様な形態の消えない道
道は上下や左右の観念もなく
名状し難く震動するコスモスの外へ
なおも執拗に抜けるのだ

悪い道

此処から先は悪い道だと
その優しい人妻はそう言って去ったのだ

悪い道とはぬかるみの道のことなのか
ぼくが長靴をはいていないものだから
そう言ったのか
それとも悪い道とは
茨や石塊の這う道のことなのか
ぼくが脚半を巻いていないものだから
そう言ってくれたのか

あるいは悪い道とは
獰猛な獣や毒のある虫のいる道のことなの
か
ぼくが弱くて倒れそうなものだから
そう言って去ったのか
だがそのあと
どういうつもりだったのだろう
引返しなさいというつもりだったか
注意してゆきなさいということだったか

此処から先は悪い道だと
ぼくはその優しい人妻の言葉に
泣きながら有難うを言おう
ぼくは長靴をはいていなくて
脚半を巻いていなくて
弱くて倒れそうになりながら
悪い道に入って行くのだから

ある冬について

その冬は恐ろしく寒いというのだ
おそらく零下二百五十度という
その寒さがどのようなものなのか
私は言えない

その冬は恐ろしく永いというのだ
それは恐ろしく太陽から離れているのだか
ら
一年が二百四十年にも匹敵する星なのだか
ら
いまだに冬が終らないということなのだ

私達は冬には寒さがくることを学んだのだ
冬には雪がふるものであって
木枯や乾風が夜通し木々の梢を
吹き鳴らすものであることを

だが私は思う
寒さがくることが冬なのなら
その星にはどのような寒さがくるのか
雪がふることが冬なのなら
その星にはどのような雪が降るのか
冬にも咲く花々があるのなら
その星にはどのような花が咲くのか
そしてまた
その世界では一切の生物が住めないという
のなら
その星ではどのような生物達が
死にたえたのか

私はひそかに思うのだ
それこそほんとうの
冬なのではあるまいかと

宇宙の話

宇宙の話をします
あらゆる星々は太陽であること
その太陽が千億も集って
島宇宙をつくっていること
その島宇宙が更に千億も集る世界があって

それを大宇宙と呼ぶこと
だがその正体がなになのか
宇宙の話をします
宇宙は物ではないのか
しかも生きているもの生物ではないのか
それが一枚の植物の葉であっても
あるいは人であっても魚であってもいい
六十億光年の先の宇宙は
殆んど光の速さで遠ざかります
宇宙が生物でなかったなら
なぜ膨張などするのか
宇宙の話をします
そのような生きものの種類でできている
巨大な世界のことを

そのように宇宙は極大にも極小にも無限で
あって
しかも極小の世界がはかり知れない極大の
世界をそのままに抱けるのが
宇宙だということ
なにがなにより大きくて偉くて
なにより小さくつまらないものはないのだ
という
考えは宇宙の世界では成り立たないもので
あることを
宇宙の話をします
宇宙の中で誰が死にきれますか
誰が悲しいといい誰が傷ついたといい
誰がにくしみ誰が愛し
誰が誰と別れ　また一緒になりきれますか

宇宙の話をします
ほんの一枚の植物の葉の話を
あるいは鳥の話を獣の話を
それら
あらゆるものの話を

宇宙について (1)

宇宙は会うことだ
会うことのなかに
チカチカ光る星があるのだ

宇宙は別れることだ
別れることのなかに
広く数知れぬ星があるのだ

宇宙は死ぬことだ
死ぬことのなかに
ふくいくと散らばる星があるのだ
星雲は死ぬことの要因だ
死ぬことが粒子の配列のように
続いているのだ

宇宙がなにかに会おうとすると
私等も誰かに会いたくなる
宇宙が別れのそぶりをすると
私等も誰かと別れたくなる
宇宙に死の考えが流れると
私等にも死がおとづれてくる

時には大変うつくしく
時には耐えられない位苦しく
幾度もくりかえしながら

宇宙について (2)

始めに螢が飛んでいた
一匹の螢だ

水はない
何処にだってない
河の水はほろほろと流れ
流れながら言ったのだ
河の深さは螢の火ほどなのだから
螢は沈めない
けれども螢は
その火を鋒のようにして沈んだ
シュウシュユウと音がした

螢が飛んでいる
億兆億の螢だ

水なんかない
捜したってない
河の水はほろほろと流れ
流れながら言うのだ
河の深さは螢の火ほどなのだから
螢は沈めない
けれども螢は

その火を鋒のようにして沈むことを
もう知ってしまったのだ

シュウシュウシュウ
シュウシュウシュウシュウ
億兆億の螢だ

ひとつの星

私等は思い出さなくてはならない
私等がもっていた
ひとつの星のことを
私等が生れる以前から
ひとつの星しかもっていなかったのだ

その星の名をなぜとおになるまで忘れるのか
なぜはたちになるまで失うのか

私等はとなえなくてはならない
私等のひとつの星の名を
私等がなぜこの世に生れたのか
なぜこの町に存在しているのか
私等が死ぬまでに
しなければならないのはなになのか

私等はゆかなければならない
うさぎがいばらの道をゆくように
渡り鳥が暗夜の空を旅するように

そして

私等は尋ねなければならない
なぜ病まなければならないのか
なぜ病みながらも
生きなければならないのか

ああ其処にひとつの星があるのだ
私等の忘れた星
ゆえあって失った星
そのひとつの星のことを
私等は思い出さなくてはならないのだ

月から渡ってくる船

月から渡ってくる船は
フォルマリン液のように光るだろう
月は美しい火葬場なのだから
月は旅立って行く町はずれなのだから
月から渡って来た船は
ハタンキョウのように匂うだろう

昔月光菩薩は兎だった
一人の飢えた旅人のために
身を焼きささげた兎だった

月から出帆してゆく船は
産着のようにやわらかだろう
その時見える新しい宇宙は
熟れた穂波のようにゆれるだろう

とりわけ月から続く海のなかに

月がやさしく見える間は
遠い暗さにおののきながらも
一人の道に立てるのだろう

それが天なのだ

死ななければ分らないことが
海の底よりも冷めたく続いている
生きているということは
億兆の星の広がりのなかの
ひとつの遊星みたいなものなのだ
あなたは覚えているに違いない
始めてあなたを抱いてくれた
ひとりの恋人のあった時を

そのあたたかさが何処からやってくる
そして冷えてゆく野の暮のように
何処へ消えてしまうのか

あなたは忘れないに違いない
あなたの失った子や兄弟たちが
乾すようにあなたを悲しませたことを
その悲しみが何処からくる
そして揮発するエーテルのように
何処へ行ってしまうのか

死ななければ分らないことが
砂漠の砂よりも果てなく続いている
それが天なのだ
億兆の世界の広がりを抱いて
例えようもなくきびしくて

言いようもなく恋しいもののある
あなたの知っているものなのだ

五億年

五億年の雨が降り
五億年の雪が降り
それから私は
何処にもいなくなる

闘いという闘いが総て終りを告げ
一匹の虫だけが静かにうたっている
その時
例えばコオロギのようなものかも知れない
五億年以前を鳴いたという
その無量のかなしみをこめて
星雲いっぱいにしんしんと鳴いている
その時

私はもう何処にもいなくなる
しつこかった私の影さえも溶解している
その時
五億年の雨よ降れ
五億年の雪よ降れ

雲

雲が泣いていたのを見たことがある
空はこんなにも青いし
野山はこんなにも明るいのに
この何処からともなく吐き出される暗さは
一体なんだろう

雲はそう言いながら
ぼうぼうと風に送られて
飛んで行ったのだ

私は実際恥ずかしかった
吐き出される暗さは
たしかに私のものであったかも知れないし
雲はそれを知っていたと思うのだから

紅色のりんご（1）

宇宙は紅色のりんごではあるまいか
宇宙が限りを持つということは
りんごが有限だということだ

星雲は細胞ではあるまいか
宇宙が膨張しているということは
りんごが育っていることだ

だがその先ならばどうなのだろう
おそらく星もない空間が恐ろしく続いて
その先に別なりんごがあるだろう
そのことを高次元の世界と呼べるのなら
そう呼んでもいいことだ

だがもっと先ならばなんだろう
りんごを育てている誰かがあって
心に重く颱風などを思いながら
つやつやした紅色のみのりのことを
静かに考えているだろう
時々そういうすきとおった思いが
何処からかくることがある

紅色のりんご　(2)

紅色のりんごのことをひそかに思う
紅色のりんごのつぼみが
白い花を咲かせる頃は
何処か一方の天で
超新星が爆発するのだ

そして紅色のりんごの花が
青い実を結ぶ頃は
銀河宇宙の静かな片隅で
孤独なひとつの遊星が
運行を始めるのだ

やがて紅色のりんごの実が
うすくれないに色づくその頃は
アンドロメダやカシオペヤの大星雲の数々
が
紅色の炎を吹き上げるのだろう

その以前とその以後

光がでるそれ以前に
ぼくの誕生があったのだ

光が消えるその以後に
ぼくの死があるのだ

だがそのあらゆるものではない
ぼくが生きていて
今考えているということは

もっと静かに

もっと静かに問わねばならない
この宇宙がなんであるかを
星雲が何処まで続いているものなのか
そのひとつひとつの秘密を

幾重にも罪をかさねた罪人が
どんちょうの囲いのなかでひそかに告白す
　るように
静かに問わねばならない

死ならば銀河のなかで事足りる
火葬も納骨も一切の告別式も
死霊や悪魔の物語も
銀河のなかで事足りる

マルクスはさしずめアンドロメダ星雲
あの星雲にもう一人のレーニンと
もう一人のスターリンがいて
人にソヴエットを説いていたところで
なんの不思議があろう

姓はメシヤ87
それを愛という名に置きかえても
メシヤの星雲の番号をうってゆけば
すべてこと足りるのだ

だが
もっと静かに問わねばならないものがある
真昼のサラの花にうずくまるものを
夜の海の稚魚の群にこもるものを

それから先
吾々の耳に聞えない
目に見えないものを
静かに問わねばならない

オリオンの星の歌

ああ　オリオンが見える
何処か分らない夜道を歩きながら
私は言ってしまったのだ

ゆう子が白痴のために
私がかたわのために
ゆう子が私を思うようになった時
私がゆう子を思うようになった時

私は言ってしまったのだ
そしてもうひとつの言葉を
胸のなかに深く宿しながら
あの星の向こうには
みどり色をした大星雲があるのだと

秋になるとオリオンは
午後の十時を過ぎた冷めたい道を
東の空から茫茫と昇ってくる
私がゆう子と同じ道を歩んでいる時なら
オリオンは茫茫と昇ってくる

だがゆう子が白痴のために
私がかたわのために
私達が違う道を歩まなければならない時
私はふたたび叫ぶだろう

ああ　オリオンが見える
そしてもうひとつの言葉を
胸のなかに深く宿しながら

宇宙を信ずべきか

宇宙の遠さを信ずべきか
宇宙の遠さを信じてきて
其処にきたない町があったらどうしよう

宇宙の果てなさを信ずべきか
宇宙の果てなさを信じてきて
其処に汚れた河があったらどうしよう

きたない町を見るために

汚れた河につきあたるために
宇宙を信じているのならどうしよう

ああ　ぼく宇宙を信ずべきか
宇宙の遠さを信ずべきか
宇宙の果てなさを信ずべきか

光の話

光の話をしよう
輝くシャンデリヤのそれではない
青黒い夜の吹雪のなかで
ためらいもなく歌っている小さな光
何処からきて何処へ消えてゆくのか
捨てられたかなしい生物の秘密が
ふと流れるのかも知れない

光の話をしよう
眩めく赤いネオンのそれではない
一瞬輝いたまま消えてしまう
貧しい光の話を

愛しい光の話を

太陽系

太陽系が炎のかたまりのままに
ぼくたちの大きな意志の
ひとつの分子だとしたなら

ぼくたちの体のなかにも
大きな意志を持った分子が
きっとある

そのようにして極大にも極小にも
生命が無限に続くということは
ぼくたちもまた
無限に続くということなのだ

ただひとつの願い

ただひとつの願いについて聞いたことがある
目の見えない人は見えること
耳の聞えない人は聞えること
足の立てない人は立てること

そのことが
永遠に消えることのない虹のように
私の耳から離れない

そう言われれば私が肺を切られて呼吸が苦しくなった時
酸素ボンベを
酸素ボンベをと言った

ただひとつの願いについて言えることがある
神を見ること
神の声を聞くこと

神の極限の上に立てること
そのことが
次第に色彩を濃くしてゆく虹のように
今の私から離れないのだ

衣を縫う仏陀

仏陀は衣を縫う
塵によごれた衣を縫い
その針に糸を通している

アヌルダよ
世間の幸せを求めている人のなかで
私より勝れたものはいないのだ

仏陀はアヌルダの衣を縫っている
世の美しい女や若い男なら
人は誰でも衣のほころびを縫ってやるし
抱いたりもするのだ
だが仏陀は
盲目のみにくく老いた姿の
アヌルダの衣を縫う

アヌルダよ
世間の幸せを求めている人のなかで
私より勝れたものはいないのだ

その言葉は
仏陀を一層不滅なものにする
その姿は

仏陀を一層久遠のものにする

だから仏陀は
今でもアヌルダの衣を縫っている
その針に糸を通している

ゆう子

ゆう子
そなたにイエス・キリストを生んでもらい
　たかったのに
そなたは実在の女ではない
そなたはぼくの悲しみのなかに存在する女
そなたの名は夕焼けのゆう
そなたの名は憂愁のゆう

ゆう子
そなたにマイトレーヤを生んでもらいた
　かったのに
そなたは永劫に架空の女
そなたはぼくの孤独のなかに存在する女
そなたの名は夕闇のゆう
そなたの名は幽遠のゆう

ゆう子
そなたの名のゆえに世界は崩壊すればよい
人類は舞い狂う砂漠の砂となればよい

ゆう子
そなたの名のゆえに世界は荒野となればよ
　い

氷河や氷山は溶解し
都市という都市はあふれる水の下に沈むが
　よい
原木はしらじらしく裂け
河という河ははんらんし
大地にきれつが生じ
終いに一匹のいなごが
未知の宇宙へ向って飛び立つがよい
ゆう子
ぼくに真実をつげさせてくれるゆう子
そのために
そなたの名があればよい

神

抵抗をやめて出てきなさい
そう言われてもうらんではいけない
それが神なのだから
この地球をひしひしと取巻いている
見えない何者かがいる
武器を捨てなさい
あなたの持っている一切を捨てててできな
　さい
例えヒマラヤの山ひだ深くひそんでいても
タスカロラ海溝の水底深くかくれていても
ひとりひとり見つけ出して連れ出してゆく
何者かがいる

逃亡してもむだです
あなたの廻りは総て包囲されている
願いも頼りも捨てててできなさい
自首しなさい
そうすれば
あなたの刑は軽くなる

キリスト

キリストを生んでくれる人が欲しいな

たくさんのたくさんの総理大臣や
世界連邦の大統領や
そんな嘘の子は欲しくはないな

青黒い宇宙空間のなかで
こっちへおいで
こっちへおいでと
悲しくうちふるえている人が欲しいな

青黒い宇宙空間の生物のために
血みどろになって
十字架にかかってくれる子が欲しいな

女人

キリストは砂にかいていた
その奥深い目を無心にあけて
風の吹いてくる砂の上に書いていた

汝らのうち罪なきもの
まず石を取りてこの女をうて

キリストはつぶやいていた
人ひとりいなくなった夕暮のなかで
その奥深い目を無心にとじて
ただひとつのことをつぶやいていた
吾もまた汝を罪せず
行きて再びあやまちをすな

仏陀は聞いていた
その切れの長い目を静かにふせて
愛しい弟子の言葉を聞いていた

われら女人をいかにすべきか
あいあう時はいかにすべきか
話す時はいかにすべきか
ふれる時はいかにすべきか

仏陀は答えていた
その切れの長い目を静かにあげて
愛しい弟子に答えていた
かかる時はアーナンダよ
心をつつしむべし

ああこの二人の聖者の言葉は
なんという女人への郷愁なのだろう

吾もまた汝を罪せず
行きて再びあやまちをすな
かかる時はアーナンダよ
心をつつしむべし

ただ心をつつしむべし

荒野

荒野が私を呼ぶ
風を鳴らす高圧線の間から
荒野は地をはう蛇のうねりよりも大きい
獲物をつきさした鷲のくちばしよりも大きい
そして荒野は
私がどうしても考えることのできない
恐ろしい宇宙の広がりよりも
更に大きい時があるのだ

荒野を踏んでいる私の足は
青黒い海底のハロソーラスだ
荒野を指している私の指は
冬の広場に残ったポプラの木だ

荒野に雨が降り始めると
私は一層ひどい雨になってしまう
荒野に雪が降りつもると
私は一層冷めたい雪に変ってしまう
時折からまつ林がたおれたりすると
私はたおれたからまつに変ってしまう

荒野が私を呼んでいる
まるでかもしかの鳴声のように
耐えられないほどさびしく呼んでいるのだ

神の子

神の子は何時でも風の渚に立っている
寒いはだかで
神の子だから

神の子はつきないマンザニータの樹海のなかを歩いてゆく
傷だらけのはだかで
神の子だから

神の子はみなが面白く暮らしているなかで
血のなみだを流して泣く
神の子だから

神の子はこの世に深い絶望をまきちらして歩く
神の子だから

神の子はこの世の何処にも入れられない
悲しみの子淋しい子と言われる
神の子だから

神の子は何時でも冷めたい孤独
寒い風の渚が好き
つきないマンザニータの樹海が好き
そして血の汗を流して死んでゆく
傷だらけのはだかで
神の子だから

荒野とポプラ

その始めより
荒野にはポプラがつきものであったろう
ふりかかる太陽の愛慾のなかで
ひょうひょうと髄のように立つ姿が
荒野は嵐のなかで燃えるのが無性にうれしいのだから
嵐は更に巨大な嵐を呼ぶものだから
それなのに虚空によじのぼる
針のような思索だけは失ってはいけないのだが
それをポプラがやってくれる
ポプラが炎になって昇天したなら
荒野は崩れるように沈んでゆくだろう
その時以来愛や憎しみのあらゆる神々が
地上から意識を失ってしまうだろう

この世界の終末まで
消えることはないであろう荒野は
ポプラによって蒼天をかきならす
唯一の神々の場なのだ

如来寿量品

如来はこれだけのことを言ったのだ
そのほかのことは
なにひとつ言わなかったのだ

例えばこの銀河の世界を抹して微塵とし
ひとつの星雲へ行って一塵を下し
ふたつの星雲へ行って二塵を下し
そのようにして総ての塵を下し終えた世界
を
考えることができるかと

そしてまた
その塵を残らず下し終えた世界を
さらに抹して微塵とし
そのひとつひとつを億年の時とする
そのような時間の長さを
考えることができるかと
如来はこれだけのことを言った
これが如来寿量品なのだ

私はこのようにはかり知れない世界を
このようにはかり知れない時間に渡って
いのちと真理を説いているのだと

如来はこれだけしか言わなかった
これだけのことを
無量に淋しく
無量に悲しく言い終えて
未来永劫に
黙ってしまったのだ

去って行く仏陀

仏陀は去ってゆくらしい
森深く入ってゆく小鹿のように
ひとり歩いてゆくらしい

アヌルダよ
世間の幸いを求むるの人
また我に過ぐるはなし

仏陀は去ってゆくらしい
谷川をさかのぼってゆく小魚のように
人々から抜け出してゆくらしい

何時からか独りの身だった仏陀は
ひとりで別離を告げるだろう
別離の言葉を告げるだろう
それは黄昏れてくる野末のように
野末をゆく一点の鳥のように

聞けアヌルダよ
今こそ幸いを求むるの人
また我に過ぐるはなし

仏陀は去ってゆくらしい
世の誰よりも痛み烈しく
世の誰よりも悲しみ深く
ひとり歩いてゆくらしい

精霊船

その川はなんという名の川なのだろう
流れているのは故郷の川なのに
その川はもっと遠くに
もっとはるかに
精霊の船が燃えている

川にかけられている橋は
なんという名の橋なのだろう
なつかしい名は故郷のそれなのに
その橋はもっと遠くに
もっとはるかに
精霊の火に浮かんでいる
そして火に映る若い人達は
なんという名を持っているのだろうか
船の廻りに微笑んでいるのは
私達の兄弟たちなのに
その人達はもっと遠くに
もっとはるかに
半月のように照らし出されている

何処か遠い川上では
なつかしむように砲声が聞こえるという
たどって行けば故郷の川なのに
流れてくるのは故郷の川なのに
その川は
なんという名の川なのだろう

神様

なにもいないその祠に向って
祈っている人がある
その時神様は
まばたきもせぬ赤子の瞳のように
背後にたたずんでいるだろう
夕暮の沼のように静かに
見つめているだろう

馬鹿みたいな狐の祠に向って
ひとりふるぼけた鈴をふりながら
いのちを引きかえている人がある
その鈴のなかに
実は狐のあかしなどではない
動かぬうすずみのような慈愛が
よどんでいるに違いないのだ

出家する

耐えられないような顔をして
私は出家した
誰も見ていてはくれなかった
話しかけてもくれなかった

時おり錆びた針のような風だけが
ひょうひょうと鳴っていた
色あせたテネシイワルツかも知れない
先を急ぐ鳥の便りかも知れない

つい先まで坐っていた家は

千万里の外にあった
無性にのどが乾くのに
水の匂いは消えていた

その時から
耐えられないような顔をして
私は歩きだした

乞食と布施

乞食をしようと思う
軒並に歩こうと思う
めぐんで下さいどうか
肥えた人からは肉塊を
痩せた人からは骨片を

それから布施をしようと思う
軒並に歩こうと思う
受けて下さいどうか
私の魂を受けて下さい
痩せた人には肉塊を
肥えた人には骨片を

乞食と布施を終えたのちは
愛しいものを殺すだろう
愛しい風が吹きやまないうちに
乞食と布施をまったくするために
しまいの愛を実証するために

血ぬられた両手を高くあげて
私は法廷で叫ぶだろう

これが遍歴のすべてなのでした
救いの願いは今果たされましたと
そしてゆっくり一万年を
地獄へ落ちてゆきたいと思う

仏陀を書こう

仏陀を書こう
決して見える幸福のためではない

昨日妻を失った夫のために
今日夫と別れた
年老いた妻のために
今恋をしている恋人たちのために
馴れない数珠をまさぐって

慈悲のなみだをたたえている
仏陀を書こう

それがはっきりとあかるい
かなしみなのだから

野犬狩りに連れ去られた犬のために
犬の牙にかかった鶏のために
重なってくる暗さには耐え難いのだから

五十六億七千万劫の尨大ないのちを
大きな慈悲の波のなかに遠くふるわしてい
る
仏陀を書こう

破戒の日

空は枯野のように曇り
仏陀は枯野のように立っていた
まるで
尨大な枯野のように

おろかな者よシュダイナ
女身の戒をおかしたもの
私から去るがよい

その時鹿のように美しくて
誰よりもかしこい目をもっている
アーナンダ
せめてその憂愁の光の一滴を
愛恋の日々にささげよう

空は枯野のように曇り
年老いた仏弟子たちの幾人かは
既に見えない

弱きものよシュダイナ
諸々の罪業を調伏するゆえに
信ぜざるものを信ぜしめるゆえに
シュダイナよ立ち去るべし

ミコウ河はただ
はらはらと流れていたであろう
空は枯野のように曇り
仏陀は枯野のように立っていた
まるで
尨大な枯野のように

鬼子母神

鬼子母のことを話そう
人を傷つけ人の子を殺して食らい
ために人々
世の闇のように恐れたという
この時旅を続ける仏陀は
恒河のほとりにあって言うのだ

諸々の菩薩たちよ衆生よ
なにゆえに鬼の心もて鬼子母をはかるか
鬼子母の人を傷つけるは
おのれを愛するのあまりなり
鬼子母の人の子を殺して食らうは
おのれの子を愛するのあまりなり

諸々の菩薩たちよ衆生よ
鬼子母を知るは仏陀のほかになし
鬼子母の心を見るは仏陀のほかになし
鬼子母の来りて拝するは仏陀のほかになし
行きてこの旨を伝えよと

鬼子母のことを話したい
人を愛し人の子を守りて育て
ために人々世の日輪のようにあがめたという

その時恒河は流れて海にそそぎ
流れは今も満ち満ちて流れ

経

われ仏をうやまいたてまつるが故にことごとくこの諸悪を忍ばん
われ仏を敬信したてまつり
まさに忍辱のよろいを着るべし
この経を説かんがための故にこの諸々の難事を忍ばん
われ身命を愛せず
ただ無上道を惜しむ
われ身命を愛せず
ただ無上道を惜しむ

エッケ・ホモ

この人を見よ
予言者は杖をあげて一人淋しく歩いてくる
その人を指した
その人は瞑想する人にありがちな物静かなしっかりとした歩調でゆっくりとこちらへ進んでくる
普通よりやや丈が高く
やせたというよりきゃしゃな感じのする体格で
その眼になんとも言えない優しみをそえ
顔全体を非常に美しく見せている
その人の視線はベンハーを無視し
どんな男でも悩殺するイラスを無視して
なんの役にも立ちそうもない弱々しい老人

のバルタザーにのみそそがれていた
周囲のさわぎにはまったく無関心な様子で
じっと前を見つめている
深い悲哀に沈んだ顔は人々のささげる礼讃
の声にすら少しもみだされない
その人はなにも持っていない
そして持っている人達を少しもうらやまし
がらない
この人を見よ
予言者は杖を高くあげてその人を指した

仏陀

動かないのが恐ろしい
表情ひとつ変えないのが恐ろしい

こんなにうす暗い御堂のなかで
幾百年をふるぼけた
なんという静かなお顔だろう
昨日も誰かが死んでゆき
今日も誰かが死んでゆく
仏陀よ静かなお人よ

＊

かすかにつむっている目には
時間がないのだから老いるということもな
い
ゆうげんな全体には色彩がないのだから
喜びも悲しみもない
それがそのままに風とも水ともなって
透明なのだ

木蓮の花

五月に散る一番の花は木蓮の花だ
散って見ればそれが分るのだ

花の散る道をしじみ売りが通ってゆく
こまもの売りが通ってゆく
くず屋がさびた声を出して通ってゆく
それはみんな貧しい人々
花が散って見ればそれが分るのだ

はるかな星雲を思う人は木蓮の花だ
宇宙が暗くて淋しいと思う人は
木蓮の花だ
花が散って見ればそれが分るのだ

Ⅲ

タクラマカン砂漠

ぼくはぼくの渡っている砂漠を思う
ぼくは何時からかその砂漠を
タクラマカン砂漠と知ったのだ

ぼくは捕われてきた獣を見ると
タクラマカン砂漠を思う
飛んで行く鳥の列を見ると
砂漠の上の空を思う

それはネパール高原の向う
ガルッヒュやジュカールヒマールのはるか

かなたを
えんえんと続く砂漠だ
ぼくがこれから歩んでゆく
ぼくの砂漠だ

ぼくはタクラマカン砂漠の夜を思う
砂漠にかかる赤い月を思う
それは砂漠を渡ってゆくものの
のがれられない死の予告だ
砂漠に散らばっている骨はぼくのそうなる骨
砂漠を吹きまくる風はぼくのそう荒れる風

ぼくはタクラマカン砂漠を
ひとり歩いているのだから
誰ともあえない
砂漠にひとり泣いているのだから
誰とともに泣けない

ぼくはタクラマカン砂漠の向うに咲いている
極彩色の花を思う
身をつつむ花の匂いを思う
だがぼくの砂漠はそれを越えて更に続くのだ
ぼくは何時からかタクラマカン砂漠と知った
ぼくの砂漠を思う

其処

其処からは
みなどのようにして行くか

蛇はやはり蛇のかたちをして
美しい蛇紋もあざやかに這って行くか

馬はまたたてがみを風になびかせ
角のある獣達は
その角を高くふりかざして
駆けて行くか

砂漠を歩いている駱駝は
その背にやわらかな脂肪をたくわえながら
一歩一歩砂を踏んで行くか

水中の魚達は
水の中に住んでいた時のように
ふくよかな尾びれをうちふりながら
進んで行くか

鳥は荒れやまぬ海を渡る時のように
きびしい凍土を越える時のように
わびしい列で飛び続けてゆくか

人はどのようにして行くか
人には美しい蛇紋もなく
強いたてがみも鋭い角も
たくわえる脂肪も尾びれも羽もない
其処から人の持ってゆくものはなにか

ああ其処は
どのような波の見える港なのか
どのような灯の見える駅なのか

誰かが言ったに違いない

誰かが言ったに違いない
あの犬を連れて行ってくれるように
でなければ
あんなにぎょうぎょうしく
捕獲員がくるはずがないのだ
猫にも鶏にも手を出さない犬だったのに
野良犬だからと言って殺される
誰が言ってもいいのだ
神様が許してくださるだろう

だが私はどうしたならいい
連れ去られてゆくあの犬を
黙って見ていた私は

土よりも深い苦悩を

土よりも深い苦悩を負ったならどうしよう
土の上に立てなくなったなら何に立とうか
あの残雪の解けはじめた
黒い土にふれられなくなったなら
優しい花々を見る目を失ったなら
その先のなにを見ようか
そしてまた
生き生きとした森や林の

香ばしい匂いを嗅げなくなったなら
ほんのわずかばかりの望みの
澄んだ川の流れを聞けなくなったなら
それ以上のなにを聞こうか

おお　この地上に生きていて
土よりも深い苦悩を負ったなら

ぼくはそれと対決する

誰もついて来てはいけない
ぼくはそれと対決する
誰も覗見してはいけない
ぼくは扉をあけて入ってゆく

それからはぼくのちらつく形象を
誰も追ってはいけない
ぼくはぼくだけの忍び泣きのなかで
それと正しく対決する
メデュサの首を見たきり化石するという
あの神話の思いをいだきながら

やがて億と幾年かはたつだろう
ぼくが扉をあけて出て来ても
その正体は一体なになのか
扉の向こうにはなにがあったのか
誰も聞いてはいけない

四月

何処まで旅をしても同じだ
あのイタリヤの鉄道員の
淋しい音楽が流れている
はるかなものを呼ぶ
子供の声が聞えるのだ

雌犬が発情して
雄犬が血みどろのたたかいをしている
夜になると猫がまたさわぐのだ
だがその血みどろのたたかいも
あのはるかなものを呼ぶ
子供の声の一部に過ぎない

そのことが四月の永遠
すべてが四月の永遠のためにあるのだ

愛

悪魔のように愛すると言ったなら
身をふるわせて幸福だというだろう

神のように愛すると言ったなら
かげろうよりもはかなく
言葉さえなくするだろう

未来永劫にくりかえされる
この世界のなかいっぱいに
紙片よりもうすい愛

はかない愛
うすい愛
嘘の愛
愛がただよう

雪

雪が音もなく降り始める時
なつかしく聞えてくる歌は子守唄だろう
眠りは真白い絹よりもわびしいほうたいな
のだから
雪が痛々しい傷にふれると
終った筈のピアノがなる

音もなく降り始める雪は
空を見失った鳥のすすりなきだろう
痛々しいなみだと共に凍りついた
降りやまぬ白い雪

雪が音もなく解け始める時
やさしく聞えてくる歌は子守唄だろうか
河はたしかにその時から流れ始めるのだ

夜の色

夜の色を知っているか
夜の色は私の色

胸を撃たれた雁の色
砂漠に落ちてゆく星の色
けれどもただひとつだけ
誰にも知られない色がある
それが分らないから
私は星の出るのを待っている
それでも分らないから
月の出るのを待っている

ほんとうに気もはるかな幾万年
夜の色は私の色

ミッシング・リンク

ミッシング・リンクは不思議な輪だ
何時何処に現れるか分らない輪だ
その時
焦れる思いを抱いて輪のなかに手を入れた
　のが人
輪の外側にしかふれなかったのが猿

ミッシング・リンクは七色に輝くシャボン
　玉のような
幼ない心を持った輪だ
宇宙をきらきら飛び廻っている流浪の輪だ

だがふたたびリンクが地球をおとずれた時
輪の外側にしかふれなかったのが人なのだ

と
今までになかった言葉と文字をもって
書きしるされる時がくる
明日かも知れない
今日いまなのかも知れない
決定的な瞬間をもって

三つの道

三つの道を考えよう
ひとつの道はさびしい道
ふたつの道はさびしい道
三つ目の道はさびしい道
ひとつの道を考えよう

その道は白い道
白い粉雪と白い砂丘が続く道
例えそこで千万のいきものを殺して見たところで
その道のさびしさははてないのだ

ふたつ目の道を考えよう
その道は山鳴りの聞えてくる道
例えそこで巨億の金塊をつんで見たところで
その道のさびしさは消えないのだ

三つ目の道を考えよう
その道は葉と葉のふれあう音が続く道
ふれあっている葉と葉が
音もなく散ってくる道

例えそこで千人の美しい女を抱いて見たところで
その道のさびしさはやまないのだ

三つの道を考えよう
世界には三つの道があるのだ
ひとつの道はさびしい道
ふたつの道はさびしい道
三つ目の道はさびしい道
その道のことを考えよう

愛の人

ふりむかないでゆくだろう
小さな親切や赤い羽根
救世軍や歳末助けあい運動
それらあたたかいものに背を向けて

一人で去って行くだろう
暗いいんうつな風のなぎさを渡り
くれないの冷めたき原野
だいだい色の寒き海辺を歩き
マンザニータの薊なす樹海を乗り越えて
誰も見送るもののないままに

億兆の生物の痛々しい叫びを求め
ふるえる太初からの松明の光のなかを
世界中の美しい別れのうた
さようならのうたをうたいながら

男の背

男の背は淋しい
男の前は何時も
虚偽の自信でとりつくろわれている

だが去ってゆく男の背には
去勢された世界の淋しさが無限に浮彫され
るのだ

男の背を見ていると
はるかな人類の滅亡の日が分る気がする
男の背に生えるものは
巨大なシダ類かヒマラヤシーダー

男の背には何時も
しらじらしい風が吹いている
あれこそ神に見離された場所
あれこそノアの大洪水のおそおうとする場
所
あれこそ今に
塵と灰ばかりが舞い狂う場所

男の背には何時も
仮面を捨てた地上がつきまとっている

男が淋しい背を見せる時
世界はもう
何事もごまかしきれないのだ

一本足の廃兵

街角に一本足の廃兵が立つと
街は虹のように美しくなる
殊更に
女は一層美しくなる

失われた廃兵の足は
街の重さと同じなのだから
失われないもう一本の足は
ふるびた坑道のように
動かないものだから

街角に一本足の廃兵が立つと
人々は星のように淋しくなる
殊更に
女は一層淋しくなる

氷原の町

氷原の町はまぼろしの町だ
春になると霞がかかったように記憶を失う
町
夏になるとあやしげな陽炎の復活する町
秋になると一面に桐の葉の散る町
だが今もって分らないことがある

氷原の町を兵隊が通って行った思い出だ
将校は馬に乗って胸をはり
兵隊はうしろからびっこをひき
近く支那を征伐するのだといい

凍りついた恐竜の背のような山の向うへ消
　えて行ったその日

あれが第八師団の精鋭だったたか
そののちの幻の関東軍だったたか
それとも南溟の藻屑と消えた
輸送船団だったたか
氷原の町はまぼろしの町だから
ぼくは今もって
その町の輪郭を思い出せない

だがその夜の叢の両側の断崖と
凍りついた恐竜の背のような
山の向こうを記憶するだけだ

スターリンに寄せて

ないだ海のようにほほえむと
幾百年凍りついていた大地が
かすかな音をたててとけ始めた

怒りにうちふるえると
見える限り雷鳴と嵐が吹きまくった
鳥は羽ばたくのをやめ
さび色の空からは針みたいな角が
どうどうと降ってくるのだった

こぼれるようになみだを浮かべると
限りもなく澄んだ湖水となった
かなしみや苦悩の影が
いくつも姿を映しては消えて行った

湖は波ひとつ立てずに
明日の世界に冷めたい清澄さを向けていた

大きな波のように笑うと
地上いっぱいに光がくだけて散った
誰も彼もほっとして
くだけた光をひろいあげては諸手をあげた
目は知っていた
何時か地上のすみずみまで
曇ることのない笑いで
満ちあふれてくる日のことを

黒い雲を作る人々にとっては恐ろしい目で
あった
歓楽のなかにいる人々にとってはうるさい
目であった

希望と勇気を失った人々にとっては
きびしい目であった
しいたげられた泥沼のなかの人々にとって
は
慈雨のようにやさしい目であった

ヨセフ・ヴィサリオノーヴィチ
スターリン
目は何時でもある
絶えることのない流れを
母なるヴォルガのように湧き立たせながら
目は何処にもある
今日の潮のなかに
大きくなってくる明日をみつめながら

兄弟

お礼などはいりません
日僑の護衛任務を果しただけです
困っている人達からは
物をもらうなお金をもらうな
借りたものはわらくずでも返せと
毛沢東が言いました

一九四五年北満の秋
きたないぼろきれのように不恰好な
若い農民兵士はそう言うのだ
それならばと出した一本の煙草でさえ
決して取ろうとはしないのだ

元気でお国へ帰られるよう
向うに見える山はもう蔣匪の軍です
でも悪いようにはしないでしょう
兄弟なのですから
私達も戦いたくありません
兄弟なのですから

このぼろきれのような兵士の何処から
このような言葉がでるのだ

毛沢東よ
シナ人だと馬鹿にしていた軽蔑を
心から中国人と呼びたくなったのはそれか
らだった
あなたもおそらく知らないでいよう
おそらくあれから革命の戦いのなかで戦死
したであろう

ぼろきれのような兵士

お国へ帰られても
中国のことを忘れないで下さい
私達も日本の方達を決して忘れません
兄弟なのですから

日本軍とソ連軍と
イギリス連邦軍とアメリカ軍を通じて
敗戦のむなしい胸のなかに消えない火をと
　もしてくれた
ぼろきれのような兄弟である

子守唄

子守唄が聞える
遠い遠いふるさとの音が
ばら色の雲のなかから聞えてくる

山があるんだ
そんなに高い山ではなく
川があるんだ
そんなに大きな川ではなく

海の匂いがしてくる
歩んできた砂原が
さらさらと静かに鳴っている

貧しい生活の立ちのぼる煙のなかから

聞えてくる小さな子守唄

うた

高い声でうたう必要はない
小雨のように
地をぬらしてゆけばいい

きれいな声でうたう必要はない
しゅう雨のように
空のわずかなすき間を
通り過ぎればよい

だから私はうたう
荷を負ったロバの涙のような声で
ぬれた地と色づいた空の間に
だんだん疲労してくる
私をかかえながら

北の裸像

風は北から流れてくる
風はまた
北を求めて流れてゆく

凍てついた巨大な裸像があるからだ
凍てついた裸像は
凍てついた総ての人の求めている
得られなかった自分の魂だからだ

風が北を求めて流れるように
私も北を求めてゆくだろう
恐らく開かぬ裸像のために
裸像のなかの
私の青い天のために

秋

わたしのかなしみを聞いた人
みんな幸福になれ
そう考えながら
虫は秋を鳴く気がする
わたしのかなしみに見られる人
みんな幸福になれ
そう考えながら
鳥は木枯を呼ぶ気がする
わたしのかなしみを受ける人
みんな幸福になれ
そう考えながら
人は永遠を満つるのだ

破船

破船のために
人よすすり泣くな
破船のために
人よなみだを落すな

絶えまないいくさのために
破船は沈めないで風化し
海という海を
空という空を
船のかたちのままに流れ流れているのだか
ら

破船のために
人よすすりなくななみだを落すな
ただ絶えまない
いくさをのろえ

母について

母の胎内にふと稲妻が走るのだ
果てのない熱砂の方向に
はいつくばろうとする子供達の
真赤な傷の痛みのせいなのだろうか

痩せおとろえた顔の陰影に
苦悩の愛がきざまれてから
はや幾年の時が流れ去ったろう
母の目にその母のふるさとの水色の風が
やさしく聞えるのだった

雲は異郷の子供たちの悲哀を
浮かべては飛んで行った
母の胎内に雷鳴がひびいてくるものだから

母の目は黒い雲の流れるのを追って
おろおろと狂うように輝き始めていた

教えておくれ

教えておくれ
一本の朴の木につながれた牛
お前を牛から解き放つ方法を
なぜお前の鼻にくろがねの輪が食込んでいて
なぜお前が固くつながれているのか

教えておくれ
まんさくにうなだれている馬
お前を馬から解き放つ方法を
なぜお前が不信の目を持っていて
なぜお前が
とげ立った柵にかこまれているのか

出て来て教えておくれ
野の穴にひそんでいる兎
お前の持っている宝珠のありかを
お前を兎から解き放つ
尊い天のその言葉を

教えておくれ
私はそれを知りたいのだ
それは岸を隔てて咲いている
こぶしの匂いのなかにあるのか
それともそれを固く隠している
誰もその名を言うことのできない

ひそかな花の蕾や草が
何処かにあるのか

私にきて教えておくれ
私は地上の灰色の吹雪のなかを
またすさまじい天の霜夜のなかを
もうひとり行ってもいいのだから
馬教えておくれ
牛教えておくれ
兎教えておくれ

エル

この今の苦しみをエルにこそうったえたい
　と塩瀬信子は書いた

お父さんにいいえ
お母さんにいいえ
お兄ちゃんにいいえ
あのエルにこそうったえたい

エルはさまよい続ける野良犬
そして塩瀬信子は不治の心臓病を持ってい
る
エルは塩瀬信子よりも
先にさまよいの果死んで行った野良犬

人は犬よりもはるかに勝れたものなのに
なぜこの耐えられない苦しみを
エルにこそうったえるのか

エルはいろいろなものになる
空の身寄のない鳥などに
地の隙間のコオロギなどに
野辺の口もきけない雑草などに

それらいま
世界のツンドラの平原を歩いている
なぜ淋しいそのものたちにうったえるのか
ああ　この不治の苦しみを
お父さんでもない
お母さんでもない
お兄ちゃんでもない
エルにこそうったえたい

地底の死体

深い地底に死体がうまってあって
地上へ出たいと言って泣いている

深い地底の死体は
巨大な氷河に落込んだハ虫類かも知れない
あるいは高層ビルの屋上から
一瞬にして消えた現代人かも知れない
深い地底がある以上
其処に身動きならぬ死体がきっとある
そして地中が重い重いと

地上へ出たいと泣いている声が
夜毎聞えるのだ

ぶよぶよの魂

女のたくさんの魂は
消えないぶよぶよの塊りのような気がする
女になでられた男の魂も
消えないぶよぶよの塊りのような気がする

女の魂を見ていると
涯しない宇宙の苦悶の姿が分る気がする
例えばミラーという恐ろしく希薄な巨星
アンタレスという不気味な赤い星
ベテルギュースという恐怖に近い変光星

人間の女の魂は
薄茶色の鳥もちのぶよぶよ
獣の女の魂は
紅色の濃い密雲
昆虫の女の魂は
荒野に積ったとけないみぞれ

たくさんの女のぶよぶよの魂を
消してくれたものはまだいない
女になでられた男のぶよぶよの魂も
消してくれたものはまだいない

だが何処かうかがい知れない天の外から
女のぶよぶよの魂と
女になでられた男のぶよぶよの魂を

消してくれるものが近づいている気がする
遠い遠い海鳴りのように

かたい川

流れているのは水であろう
だが水ではないかも知れない

川をみつめている町
町をみつめている川
草原が何時消えたのか
それを川だけが知っていた筈だ

水は風だったのに
風は水だったのに

あれは何処で切れたのだったか

かたい川の流れる町は
もう故郷ではない
だから川をベトンでつつむな
ベトンは雲ではない

いつから流れ始めたのか
空にひたしてもひたしても
かたいこの川は

五月は私の時

五月には
私は帰らなければならない

今の仙台の病院から故郷へ帰って
私の犬へ予防注射をしてやらねばならない
私の犬は雑種のまた雑種であって
大変みにくくてきたない犬だから
誰も注射に連れて行ってくれる人はいない
のだ
父でも母でも妹でも
およそ私の恋人でもそれだけはできないの
だ

犬はもともと野良犬だから
私を忘れてしまっているだろう
私を忘れてしまって何処ともあてもなく
さまよい歩いているだろう
私は私の犬のさまよい歩くところなら

ちゃんと知っているのだ
それは世界のめぐまれない隅や
またきたないたまり場や
およそ野良犬として人に好かれない処など
おろおろおろおろ歩いているのだ
だがそういう犬ならば
人は誰でも持っているのだ
持っているから人は何処へ行っても何処に
いても
あってもなくてもせつなく故郷を思うのだ
村を離れれば村のことを
国を追われれば国のことを
五月は私のそういう時なのだ

私の犬に私ひとりだけしかできない
私の犬が狂ってしまわないように
注射をうってやらなければならない
時なのだ

おお　それはそれは

お可哀そうにと少女は言った
そのお年で物理学をやっていらっしゃる
私ならとうに卒業しましたのに

おお　それはそれは
アインシュタインは驚愕したように言った
そして軽く当惑したように

おお　それはそれは
その言葉が私を不思議に勇気づける
相対論は不思議の国のアリスだ
相対論は荘厳な暗黒の屈折
相対論は幽玄な明け方の花弁の展開
そして相対論は
傷ついたものの
しめやかな愛の安らぎだ

おお　それはそれは
その言葉が私を一層深いものに引入れる
その言葉のなかから
恐怖のさそり座がのぼってくる
その言葉のなかを
はぐれた渡り鳥がおののきながら飛んでく
る

その言葉の向うで
未知のコオロギが悲しいまでに鳴きながら
相手を呼んでいる

おお　それはそれは
そう言いながらアインシュタインは
今はあの神秘の森や林を抜けた
宇宙の薄明の縁を歩いているだろう

巨大な背をかがめ
かじかんだ手をあたためながら
極まることのない
嶮しい道を歩いているのだ

闇のなかの灯

闇のなかに灯の歌はある
あまりに遠い荒野なのだから
あまりに深い沈黙なのだから
灯がある限り
人は真実を待つだろう
灯が消えない限り
人は思い出したように
歩むのだ

青い草原

青い草原はひとりで踏むのだ
青い草原を踏む姿を
人に見せるものではない
クローバやゲンゲ
タンポポやナヅナの草原を
人とたわむれて踏むものではない
目的はひとつしかない
世界から不幸ないきものを総てなくすこと
そのために重い病いも生活も
死でさえも耐えなければならない

重い病いと死のなかに
驚くべき言葉が隠されている
お世話になりましたと静かにあえいで
女の子の死んだ話を聞いた
その子はいま
あの寒い風のなぎさに立って
捨てられた小犬をひろっている筈だ
それは私の遠い心の妹だ
白いふくらはぎを田園のかすりの着物にま
　つわらせて
陽のあたる縁先にたたずんでいた

人はなぜ生きるのかを尋ねている
その言葉の前にきんげんな神父が
おそれおののいてふるえている
青い草原はその道を尋ねるために踏むのだ
人の前に自分を見せるために
踏むものではない

車をひく父

車をひいて行くのだ
みながエナメルの机で頬杖を突いている時
父はうすぎたない車をひくのだ

みなが冷めたい侮蔑の目を向ける時
父は苦しい姿で車をひくのだ
父の重量をひいてゆくのだ

みながナイロンの傘で行き過ぎる時
父は雨に濡れながら車をひくのだ
父に降る雨のなかをひいてゆくのだ

みなが甘美な幸いに酔いしれている時
父は父の悲しみをひくのだ

地を這うような痛ましい姿で
地から這い出たような重いまなざしで
轍の音を軋ませながら
息詰まる息にあえぎながら
暗くて誰も見分けようともしない
知ろうともしない限りのない道を
父の車をひいてゆくのだ

靴の音

町のうら山の風のなかから
靴の音が聞えていた
ザックザックザック
風吹いても吹いても
何処からともなく

何処からだとも言える
何時からともなく
何時からだとも言える

村の谷川の流れのなかから
靴の音が聞えていた
ザックザックザック
水流れても流れても
何処からともなく
何処からだとも言える
何時からともなく
何時からだとも言える

町の次郎や太郎や村の三郎やの
帰って来ようとする靴の音
町のうら山の風のなかに
村の谷川の流れのなかに

ザックザックザック
星よりも遠い爆音のなかから
風よりもはかないラッパの音のなかから
なんでいのちが惜しかろう
なんでいのちが惜しかろう

誰へともなく
誰へだとも言える
靴の音が聞こえていた
ザックザックザック　ザックザックザック

秋田街道

それは秋田街道でしょうと言われた時
ぼくは火のでるような烈しい羞恥にかられ
　たのだ
歩いていたのはぼくひとり
あとは急行便や長距離バスやダンプトラッ
　クが轟轟と走っていた
その運転手や巨大な荷や乗客の眼に
ぼくの姿がどんなに可哀そうに映ったろう
ただひたすらに失われる原野や川や鳶や魚
　を求めて歩いていたぼくの姿が
あれはそんな街道ではない
あれは新産業道路・観光道路・アスファル
　トの道
大事の場合にはミサイル戦車や軍用トラッ
　クが突走る道
レインコートの襟などたてて
考えながら歩く道ではない
だがあれが秋田街道なのだと
たしかな調子で言われた時
ぼくは北の寒いベーリング海やツンドラの
　地帯を思うように
思ったのだ
あの街道が今日からの
ぼくの新しい淋しさになる

あいている椅子

舞台では競演がくりひろげられ
全体に拍手がわきおこっているというのに
静かにひとつだけあいている椅子がある

たしかに去った者がいる
たしかになにかおころうとする気配がする
そこだけが底なしの洞のように
その洞が宇宙全体でもあるかのように
冷めたく色彩もなくあいている椅子

乾いてゆくミイラのような記憶が
わずかに匂うのだが
去った者は私ではない
来る者は私ではないと
観衆は溜息まじりにそっと
改めて自己をたしかめるのだ

埋火

遠い埋火がある

誰が捨てたのか
誰もが捨て去ったいのちのようなものが
黒い火がある
まだ汚れを知らない魚が
ひとりうるんだ声で
うたい続けている

少年が少年のかなしみを手に持つ時
焚火のようによみがえる
あるいはまた
野火のようにもよみがえる

だから言葉を離れて
論理を離れて
樹木は千年を立つだろう
其処からひとすじの煙のように
この世界の永遠はつながるだろう
魚は乾いてゆくかも知れない
うただけがなお白い光で
何時までも残るかも知れない
もう決してひろうことのならない
誰ものいのちのようなものが
黒い火がある

枝を折られている樹

枝を折られている樹がある
森をさまよう細道もつきる所で
あるいは荒れた野の隅に
霧雨に濡れながらそぼ立っている樹で
誰かを待っている樹がある
みなそこにさしこむ陽のようにあたたかい
冬空に見え始めた春の気配のようにやわら
　かい
その人を待っている樹がある

ほんとうに私達ならば
その樹を捜して歩いているのだ
何処の山里なのか分らない
誰も知っているものはいない
けれどもたしかにそれを考えて歩いていれ
ば
みながそれぞれの道を真直に行けば
枝を折られている
一本の樹がある

エリス・ヤポニクス

エリス・ヤポニクス
シャガの学名とある
だがあの言葉は
まるで別の花のような気がしてならない
シャガならたしかに仙台の日陰の地に咲い
ていた
ぼくはそれをカラースライドにしてまで
とったのだ
カラースライドの下枠に
シャガの花と書いたのだ
だがエリス・ヤポニクスと
そう言って見ると
まるで天上からふわふわ降ってくる
五月のくれる綿菓子みたいな気がしてなら
ない

エリス・ヤポニクス
きっとそうなのだ
あれは苦しいぼくの五月の病いのような時
に
何時でも咲いていてくれる永遠の心臓花
枯れない五月の名前なのだ

ぼくという旅人

海がなつかしいのは
海の向こうに見知らぬ国があるからだ
山がなつかしいのは
山の向こうに見知らぬ町があるからだ
空がいとしくて仕様がないのは
空の向こうに
見知らぬ次元があるからだろうか
見知らぬ国があるかぎり
見知らぬ町があるかぎり
見知らぬ空がある限り
ぼくは何処までも何処までも歩いてゆくの
だ

その山を越えよう

私等その山を越えよう
そこから流れを渡りそこから坂道にかかり
そこから喬木をあおぎ
喬木のしたたる露をあび

私等それを越えよう
そこから総てのものが見えなくなり
そこからあかりをともし

そこから雨に濡れ
岩につまずき泥にすべり
雪の寒さにふるえ
クレパスの深さに恐れおののき

そして最早ふりむくことのならない
私等その山を越えよう

残るものが残るのだ

地上の一切のものが燃え滅びる時
残るものが残るのだ

しまいに残された一本の矢のように
それは焦土の焼けあとからはなたれるだろう
まじり気のない純金の光沢となって
焼けない宇宙へ向って飛び出すだろう

偽りの神々が
その神殿と装束は最ものろわれた溶解物となってさらされるだろう

神々がひとかたまりの醜塊をさらしあう時

残るものが残るのだ

愛宕山の向こう

七つの時だった
藤沢町を兵隊が通って行った
幾十幾百と列が続き
近くシナを征伐するのだと言った
びっこをひき
つかれたようにうつむきながらふりむきも
　せず
そして馬に乗ってふんぞりかえっているの
　もいた
町のうしろは愛宕山
山の向こうは何処なのか私には分らなかっ
　た
なんだかとほうもなく大きな穴がありそう
　な気がした
兵隊たちの列は続き
兵隊たちは消えて行った
まるでその夜の影のように
愛宕山を越えて
誰も知らない山の向こうへ
あれからもう三十幾年もたって
私はもう四十にもなろうというのに
兵隊たちは何処へ行ったのか
愛宕山の向こうになにがあったのか
今でも思い出せない

ソヴエット・ロシヤ

きびしい寒さのドームに吸いこまれてゆく
　ものだから
底知れない音が生れるのか

こだまなど何処からも帰って来はしない
曠野なのだから
つかめない淋しさなのか

怒る極北の重量に耐えて調和すると
母なるヴォルガ

嶮しさの極みの
重厚な光のなかの
ソヴエット・ロシヤなのか

長靴をはいて
〈高村光太郎に捧げる詩〉

長靴をはいて歩いていた
雨降りや雪降りやらの
それ等あらゆるものを越えて
まっすぐに歩いていた

私は思い出す
日本の貧しい牛であった人
東洋の魂であった人
なによりも深い川底であった人を

私は描き出す
今こそ流れである人を
うたわれるだろう

天にきざまれる裸像であるその人を

あれからやはり雨降りや雪降りやらの
それらあらゆるものを越えて
歩いているのだろう
かなしみの果に智恵子だけが持っていた
あの阿多多羅山の上の
ほんとうの空の向こうを

長靴をはいて
ぼとりぼとりとまっすぐに
歩いているのだろう

Ⅳ

終りに

終りに三つの真実が立つだろう
砂漠と沼沢地と大雪原
砂漠の鳥と沼沢地のマングローブと雪原の
風だ

終りに鳥のようなものが飛び
マングローブのようなものが生え
風のようなものが吹くだろう
其処から
明るい明日が生れるというのは嘘
生れるものを予告するのは嘘

だからだから
終りに砂漠の鳥と
沼沢地のマングローブと雪原の風が
最後のとりでのように立つのだ

鳥のようなものが飛び
マングローブのようなものが生え
風のようなものが吹く時が来ているのだ

世界の待ち望んでいた
その時が来ているのだ

砂丘のうた

砂丘のうたをうたおう
砂漠を旅する王子様のねむりのうたではない

かなしい大行軍の列が
火泥のはてに消えて行った
沈黙の砂丘のうたを

何処かで血のふき出してくる匂いがする
何処かで黒い嵐が通ってゆく音が聞える
そしてまた何処かで
砂丘が砂漠に変ってゆく
巨大な恐ろしさが生れている気配がする

もう花やお姫様のうたなど

うたっておれなくなったぼくら
砂丘のうたを作ろう
崩れて行った砂丘の沈黙の底のうたを
そしてそれ以上に
もう殺しあったりすることなんかない
海を越えた愛のうたを

大人のための童話
〈新聞記事からの物語〉

遠く亜細亜の南端に
数億の金塊をかくした島があるという
はるばると西の国から
腐った腸詰を腹いっぱいに詰めこんだ十三人は
かくて船出した
みどりの海は楽しいし
青い海には目を見張らせる
そこで船べりをたたいて
うすぎたない恋の歌をうたう

ヴィナスが冷めたい星空に酔っぱらってた
聖書と海ならいい対象
こんなに陸地を離れては
じんべい鮫まで女に見えるな

海は膨大に黒くなり
時々人間の吐き出す吐瀉物の恥ずかしさに
真赤になる
けれどもむしろこれは

太陽の怒りなのだろう

黄金の匂いが近づくに従って
船はだんだん重くなる
だがそいつは金塊のせいじゃない
十三人の慾の重さは
乗った船の重さの十三乗であることを計算
　に入れなかった
おろかな人間の罪なのだ

とうとう骨くずは一万メートルの海底にく
　だけ
そこらいっぱい透明な波は
えへらえへらと笑ってただよっていた

これで海は人間の

ぎらぎら脂ぎった慾望のうまさに味をしめ
　る
例えば百万の兵隊を乗せた
大輸送船団というやつ
あるいは不気味な原子雲のザクロのような
　傷から流れでる
煮えたぎった犠牲と忍従
海は南に北に敏感に伝えあう

昔からの利口な太陽は
こんなつまらないことにかかわりたくない
　と
さっさと西空に帰り
一方神経質な月はあまりの地球の痛々しさ
　に見て見ぬふりをしたらしい

ただめっぽう人のよいキリストだけが
みんな私が悪いんだという風に
ジャボリジャボリと海底深く
十三人の魂ひろいに
入ってゆかれたのである

ふと涙がこぼれる

ふと涙がこぼれる
小さな塵のなかにもほのぼのと
あたたかい秘密を見た時
ひとのために燃えさかる人を
砂漠に入ってゆく
水の滴りを感じた時

ふとこぼれ落ちた涙は
みなそこの貝がらのようにいいものなのだ
それは空にちらばろう
やがてあなたのなかに光る
かず知れぬ星ともなろう

降りくれば地にしみ入って
虫から離れた虫のうたともなろう
其処からひとむらの草が
愛と風のおとし子のように
萌えでてもこよう

ふとこぼれ落ちた涙は
人よ大事にするものなのだ
ふとこぼれ落ちる涙は
恋し始めたおさない恋人たちのように

あらゆるいのちに対しての
美しい力になるものだから

ふと涙のこぼれるその時を
人よこよなく抱くものなのだ
ふと涙のこぼれるその時は
匂い始めた夜明けの空のなかへ
それから一日の辛いいのちへの
やさしい勇気になるものだから

ふと涙がこぼれる
人よそれはふと行きずりの
誰にさえあるものなのだ

空洞

ぽっかりあいた虚空の
私だけしか知らない地獄

でも叫ばなければならない
それらのなかにおよぎまわる私の生命の
なお残されたものに

黒ずんで皺のよった希望が沈澱している
深い森の奥の沼

小さいくせに山さえも呑んでしまおうとする
昔物語りの魔法のつぼ

孫悟空は金切声をあげて
わめいた

ある音について

その音が聞え出すと
私はたまらなく涙がこみ上げてくるのだ
何処からともなく
いきなり耳膜を打ってくるその音

ド　だったかも
いや　ミの音だったのかも
それともドレミファのどれでもない
何処にも無い音であるのか

その音が鳴り出すと
眠っていたほんとうの私が　野獣みたいに
　咆哮し　闇の中におどるのだ
かすかに灯台の灯をみつけた
難破船のように

けれどもその音は
ほんの一瞬　聞えただけで
野分をつつぬけて行く驟雨のように
私の全身から去ってしまう

あとにはなんでもない私が
しょんぼりと　残るだけなのだ

ある笑いについて

その笑いは
底に笑うべきなんにもなかったのだから
憂愁の枯れた野の上を
カラカラと渡って行った

その笑いはただたくさんの
ニヒルの集りに過ぎなかったのだから
限りのない洞のなかの響きのように
空のはてへ消えて行った

天上の神々は快い光のなかで
もうねむりについたらしい
地上の人達の首のない笑いだけが
うつろに
いよいよ強くなって行った

死について

死ぬことを学んだ
一プラス一は二
三角形の内角の和は一八〇度
総て死ぬことの近道を学んだ

死ぬことがあるために
人はある日酒に酔うことを覚える
みんな死ぬことを学ぶのだ
人の目に見えるものは死ではない
冷めたくなったむくろ
エンパイヤーステートビル

数十億万円のテレビ塔
それらはみんな死ではない
水に浮んだ水死体と同じものだ

天の星々は
死ぬことと関係がありそうだ
だがその星々でさえ人の目にさぐられる
それを越えたものが
言いようもなく恐ろしいのだ

死ぬことを知りたいために
人はある日いきものを飼って見る
死ぬことがあるために
人は病いの見付かるのをおそれる
死ぬからだを恥ずかしがろうとする

だが死ぬことがあるために
人はある日死を越えられる
鳥が雲のなかをよぎり
魚が水のなかをためらいもなく進むように
何時かふと
死を越えられる時があるのだ

死と滅び

死と滅びの世界は違うのだ
例えば広がってゆく夕焼けの空と
地を這ってくるたそがれのかげりのように
その世界は別のものなのだ

死と滅びの道は違うのだ

例えば風を渡す曠野のさまと
腐敗して伏したくさむらのように
その道はそれぞれ別のものなのだ

死ははるかなものに向って乾くのだ
滅びは何処へも乾きはしないのだ
例えば朽ちた森林の沼地のなかの
千年をよどむたまりのように

春のおぼろを鳴く蛙は死
だがぬるめく泥は滅び
秋の赤とんぼの群は死
だが赤とんぼの落ちた屍は滅び

死の道を行く人と
滅びの道をゆく人は違うのだ

それは夕焼けへ広がってゆく人と
たそがれへ沈んで行く人の
あうことのならない
かなしみなのだ

人

人のことを言うのは恐ろしい
それは世界のかなしみのなかで
一番かなしいことだ

人は殺すことをよすわけにはゆかない
盗むことをよすわけにはゆかない
それから人は
交尾することを

よすわけにはゆかないのだ
人はその体の上に着物を着たり
風や雨や雪を防ぐ家をたてたり
それから世界のなかで一番高い
樹木より高い塔をたてたりもするのだ

人は長い冬でも食物をたくわえるし
星のない夜のなかでも
火や明りをちかちか輝かすのだ

だが人のことを言うのは恐ろしい
それは世界のかなしいことのなかで
一番かなしい

人は殺さなくてもすむのに殺すのだ
盗まなくてもすむのに盗むのだ
ことさらに人の恐ろしいことは
交尾しなくてもすむのに
交尾をするのだ

岩手山

あの山を見て下さい
好きな人がくると
私はきまって言いたくなる

あれこそ蜃気楼の見える奥羽の砂漠
笑気のたつ奥羽の湿地原
魂を凍らせてやまぬ奥羽の大雪原

もっと高台へのぼって見て下さい
私は幾度でも言いたくなる
眠っている奥羽のダイノザウルスを
火を持ち始めた奥羽のピテカントロプスを

あれから何が始まるか
あれがどんな重力を行使し始めるか
今のうちですよく見ておいて下さい

遠い道

遠い道がある
始まりも終りもなく
ただ点のように消えている
道がある

道は砂粒でできているのか
砂の上に浮いている
真白い砂なのか
永劫の雲のように歩いている
人がある

この世界の創生から
幾億里の日であろう
ただひとつのまよいもなさそうに
歩いている人がある

そのはるかな前方に
ただ点のように消えている
道がある

なぜ

なぜ少しばかりの言葉を知らないために
人一倍汗にまみれたり
ひとつばかりの上の学校に入らなかったばかりに
人一倍重い石を運ばなければならないのか
そのことなら宗教など一向に役に立ちそうもないし
また　たくさんの主義主張のなかにあっても
結局同じことなのだ
けれどもやはりみんながいのちをかけて考えなければならない
なぜ少しばかり偉くなりたいために
人一倍他人を傷つけるのかを
でもぼくは信じようと思う
偉い人が一人もいなくなって
みなが同じように泥のなかから
笑いあえる日のくることを
それをやるのが
まず人間なんだということを

愛さなければならない

この広い世界の何処かの
何処かにいるその人を
私は愛さなければならない
私が叫びようもなく叫んだ時
呼びもどしようもない私の叫びに

答えてくれたその人を

私が凍えた暁の野を歩んでいた時
捕えようもない私の悲しみの前を
私よりもいち早く行ってくれた
その人を

ああ億万年を深く鋳込まれた星座のなかか
ら
遠い私の記憶を捜し出すように
失われてしまった
私を思い出すように

今はげしくむせび泣きをしながらも
私はたった一人のその人を
愛さなければならない

お母さん

お母さん
海の音を聞かして下さい
海の貝殻の音を
母という名を聞かして下さい

私は思い出す
二億年ばかり前のこと
あなたが二億年変らない海だった日を
ひたひたと広がるあなたのなかに
可憐な三葉虫の姿が
奇蹟のように生れていた日のことを

私はもっと思い出す
それからの火や泥の世界のことを

試みられていた愛のつぶつぶが
氷河よりも固く凍ってしまった
永い暗かった時間のことを

お母さん
その時あなたのなかに鳴り続けた
小さな貝殻の終りのない音が
どんなにやさしくて強かったか
今日も波が寄せています
とても永かったあなたの疲労のように
貝殻がさやさや鳴っています

お母さん
あなたの音を聞かして下さい
あなたの白い貝殻の音を
静かに聞かして下さい

世界

世界はいま淋しさにだかれている
世界が淋しいから
獅子は野に伏して吠えるのだ
弱い獣達は
その声を聞いて身ぶるいをするのだ

世界が淋しいから
人は獅子のように吠えて見る
夜が来ると
神よと呼んで見る

女はその腕にだかれて
子供を生むことを始めるのだ
何時までも何時までも

山の道

此処から先は山の道
それをたしかに感ずる時
私は声をあげて泣きたくなる

山の道は私の忍辱
倒された樹木は私の忍辱
道をふさぐ草木は私の忍辱
道は天へのぼる水滴のように
此処から消えるのだ

その恋を

その恋を待てるのか
その三百年を待てるのか
待つことのできる恋ならば
めのうのように結ばれるだろうに

その恋を語れるのか
その三千年を語れるのか
遠い恋について考える時
共に考え続けられるのか
考え続けられる恋ならば
海溝のように深まるだろうに

その三万年を
その三億年を越える年月を

語り続けられるのか
考え続けられるのか

男

男は女の部屋からでてきたのだ
どの男もどの男も
部屋には女が永遠に死んでいるのだ
どの女もどの女も

部屋からでてきた男は
ひとり歩いてゆかねばならない
部屋に女を残したまま
部屋に女を死なせたまま

それからは
男を入れる部屋はない
どの世界にもどの世界にも

道

私の歩く姿は淋しいと
あなたは淋しそうにそう言う
私がそこを来たからだ

私がうつむいて歩いて行くと
遠いセロが聞えてくる
私が立ち止まって考えこむと
セロが世界を作ってくる

私はどうかすると
あなたより一匹の犬を見つめてしまう
私がそれを愛して来たからだ
だのにこれから先も
私にひとりで行けとあなたは淋しそうに言う
ひとりとぼとぼと
見えなくなって行ってくれればいいと言う
私が其処を行くからだ

言葉について

よくお聞きなさい
その時あなたが幸せにならなかったなら
それは私の言葉の汚点だから
私は傷ついたひとひらのシュロの葉のように
落ちなければならないのだ
私の言葉をお聞きなさい
その時あなたの病いが一層ひどくなるようなら
それは私の言葉のあやまちだから
私は老いた鹿のように
去らなければならないのだ

言葉とはそういうものなのだ
若しあなたがそれをほしいのなら
千万トンのベトンのダムを
一滴の水が押し流すだろう
若しあなたがそれを見たいのなら
世界で一番の大都市が
癩の病いの末期のように
崩れて落ちてゆくだろう

その言葉をお聞きなさい
傷ついたひとひらの棕梠の葉の意味を
老いて去ってゆく鹿のまなざしの意味を
よくお聞きなさい

石に言葉をきざむ

石に言葉をきざむ
休むことなく言葉をきざむ
石に言葉をきざむことは
何時からか私の仕事になったのだ

此処に私の意識があったと
此処に炎が燃えてあったと
砂ならば何れは崩れるから
水ならば何れは流れるから

石に言葉をきざむ
億万年の言葉をきざむ
石に言葉をきざむことは
何時からか

私のかなしい仕事になったのだ

そんな世界が

蛇が蛇だという理由で
嫌われなくなる時が来たならいいと思う
誰もが木の実や草を食べて
獅子や熊までが
人間と一緒になってうたえたならいいと思
う
人間も美しい心のままに裸心になり
生殖と死を恥ずかしくなくおこなえる時が
　来たならいいと思う

不幸は限りなく続く

限りなく続くだろう
この世のなかに一人でも一匹でも一羽でも
不幸なものがある限り
それは姿を変えた私に違いないのだから
殺りくされる鳥獣がある限り
切りたおされる草木がある限り
不幸は限りなく続くのだ
例え共産主義が
神のようにおこなわれる時がきても
争いを続けるものがある限り
終ることのないかなしみなのだから
そのすべてのものの
滅びの日まで

引揚船

引揚げてゆく船がある
それをせつない程知っているのに
見送る者は誰もいない
音もなく岩壁を離れ始めた
船の姿がある
消え入るようなマストの天辺には
一匹の蛙が鳴いているだろう
新らしく生れた星のように
はるかを見やって鳴いているだろう
静まり返った船室には
つぐみが固く眠っているだろう
それはもだえることをやめた
人と人との意識なのだろう
今また別れの証しのように
ひとすじの旗をあげて
見えなくなって行く船がある
やがて灰色の霧笛が遠く聞え出すと
何時か記憶したさまざまな蝶の群が
よろめくように
空に流れるのだ

恋をすると

恋をするとまっすぐに歩けなくなる
そう言いながら倒れていった詩人がある
恋をするとほんとうの道が分らなくなる
そう言いながら
彼は一層はげしい恋を

宇宙のなかに燃やし続けた

どうかマジエル様
あらゆるいきもの の幸いを捜すそのためな
らば
私のからだなど
なんべんひき裂かれてもかまいませぬ

恋をすると見えるものが見えなくなる
けれどもそのことが
ほんとうの恋ではないのだとしたなら
私は私のいのちを
それこそ何遍賭けてもいい

恋をするとすべての願いがだめになる
そう恐れながら
私はあのまっくらな虚空のなかを
何処までも行かなければいけないのだ

李珍宇

〈十一月十六日殺人犯李少年は
宮城刑務所で死刑を執行された〉

首に不気味な傷があったと
腕が固く硬直していたと
むごたらしくて見ておれなかったと
ぼくにそれ以上のなにを書けようか

私は思い出す
私が中国大陸に行った時
釜山から新義州まで続いた

朝鮮の美しかった山河と古びた町を
私はいくらでも思い出す
私が長春の訓練所にいた時
あなた達だけを凍えさせはしないと言って
人の二倍もみそぎの水の中に飛びこんでくれた
雄々しかった朝鮮の教官のことを

馬鹿の李珍宇よ
首になわの傷があったと
腕が固く硬直していたと
仙台までの風景をあかず眺めていたと
朝鮮人だと馬鹿にされ続け
遂に殺人の罪を重ねた李少年よ
安らかな死顔ではなかったと
朝鮮語を無性に話したがっていたと
汽車の窓をトンネルのなかでもしめなかったと
それほど外を
はるかな朝鮮を見たがっていたという
李少年よ
ぼくにそれ以上の
なにを書けようか

戦争 (1)

家族の生活を十分に保障し
私の亡いあと何時までも安心させてくれるならば

私は何時でも戦争へ行ってやる
人を殺すためではなく
自分の身を業火に投げ入れるために

戦争 (2)

昔の特攻隊員を狩り集めて兵隊を作ったら
日本には強い軍ができるだろうと
その君こそ戦争に行け
人一倍いのちの惜しい
君たちこそ戦争に行け

戦争 (3)

日本はよい国だ
戦争があってもよい国だ

戦争 (4)

のんのん　のんのん
地の底から海の底から
湧きおこってくるうかばれぬ人々の声
生き残った人々は
なにを語ったらいい
日本はもう三千億土の遠くにある
帰ろうとしても帰れない
その人達のために

生き残った人々はなにを為したらいい

戦争（5）

泥濘のなかで哲学なんかやめたらいい
いたずらに流血の丘に対するぐち
戦争なんてそんな高尚なものじゃないのだ
が
けれどもなおも暗夜と泥濘に
モンテェニュを語る人よ
あなたの神のような顔には
私はなみだが出てしかたがない

戦争（6）

モンテェニュの思想が
あなたになにを語ったというのか
尋ねても尋ねても
なお逃げてゆく人間性を
そうだ死の瞬間に破れたフランス詩集が
風にひらめいているだけだった

爪を切る

私は爪を切る
夜中にひっそりと起きて爪を切ることは
私の生涯の悪いくせだ
夜中に爪を切ることは

悪いことだと教えられて来た
夜中にひとり起きて切る爪は
荒蓼とした鬼火のように燃えるのだ
私は爪を切りながら
火に入れて燃すことを考える
爪の火にくべられて燃える匂いは
魔女の吐く息のように周囲を汚すのだ
私は知っている
爪はあとからあとから生えてくることを
切らなければどうにもしようがないことを
だから私は爪を切る
鬼火のように魔女の息のように
ひっそりと夜中に切るのだ

悲しみを覗く

その山は世界一かも知れぬという
そう聞いた時
ふと悲しみの深淵を
覗いたような気がしたのだ

私の何時も考えていたのは
エヴェレストという山だったのに
その山はもっと嶮しく離れてあって
ひとりの氷河を抱いているという
麓には人が住んでいて
人の眼はほろほろ鳥のようにうるんでいて
登ったことのない山の頂きを
うつろに見つめているという

だがそのことならば
ひどい嘘かも知れないのだ
世界一ならやはりエヴェレストであって
氷河のこともほろほろ鳥のことも
まるできたない嘘なのかも知れない

その山の名をアムネ・マチンと言い
永劫に雪の姿だから大雪山ともいう
けれどもそう聞いた時
たしかに悲しみの深淵を
覗いたような気がしたのだ

バラ色の雲の見える山

バラ色に浮ぶ雲を見た
私はあの山の頂きを知らないのに
バラ色の雲だけを知っている

ああロウゼン・モルゲンと
山を登っていた人が言ったのだ
私はその人の名を覚えてはいないのに
その声だけを覚えている

そのバラ色の雲の見える山を
何処で忘れてしまったのだろう
夜が町の窓々を鎖すように
誰が隠してしまったのだろう

山を登っていたひとりのその人を
何時見失ってしまったのだろう
荒野に吸われてゆく羊の子のように
誰が連れ去って行ったのだろう

ああロウゼン・モルゲンと
ひとりの時をつぶやいていると
ふと思い出すような気もしてくる
その山の向こうへ恐ろしく続いている
はかり知れない世界のことなども
分るような気もしてくるのに

人は山を越える

山を越えて行った人がある
アルプスの名よりももっとなつかしい
ヒマラヤを見つめる思いよりももっと嶮しい

その山の向うならば
黒いバラを咲かせることもできよう
白いトンボを飛ばせることもできようと
道もついていないはるかな山の頂きへ
小さくなって行った人がある

あの獅子の王でさえ野に馴れきってしまうのに
巨象でさえ森に満ち足りてしまうのに

飛んで行く羽毛さえありはしないのに
山を越えてゆくかたちのかなしさに
山を見やっては泣いていた人がある

恐らく黒いバラを咲かせるためではない
黒いバラならば
ありふれた性欲のなかにさえあるのだから
白いトンボを飛ばせることでもない
白いトンボならば
薄暮の夢のなかにさえ映えるのだから
それなのに
山を越えて行く人が今日もある
ずうっと昔失ってしまった
背負っていた荷でも捜して行くかのように
泣きたいほどの約束でもあるかのように
空に吸われてしまう雁が音のように
見えなくなって行く人がある

河

河には水がない
あるのは石ころだけだ
河には水がない
あるのは泥くれだけだ
河ははっきりとおのれの創生の声を聞く
雨のことやかんばつのことや
水死人のようにふくれあがってくる
兵器しょうのかん高い音を
河は可哀そう

今こそとうとう流れなければならない時
　なのに
河には水がない

河が流れている

河が流れている
だからうるんだ星のように
何時でも魚がうたっている

橋ひとつ見えない
それでいて石ころのように
沈みきることもできない

河が流れている

悪魔のなかの悪魔のように
そしてうるんだ星のように
何時でも
魚がうたっている

河が流れている
ぼくの河が流れている

海の向こう

海の向こうになにも見えぬ
そう思った時私は
つぶらな眼のかいつむりだった

空の向こうになにも見えぬ

そう思った時私は
青いうす肌のなよたけだった

だが生きる向こうになにも見えぬ
何時の日か新しく
そう思うようになる時
深い湖水の公魚になろう
それとも公魚にまつわりつく
透明な湖の水滴となろう

それからは黒い影を落してくる
さまざまに生きる人達のために
湖底のような静かな唄を
さやさやと唄い続けて行くだろう
海の向こうの海のように
空の向こうの空のように
そしてなによりも生きる向こうの
生きるその果のように

樫の木

仙台に来た甲斐があった
いま樫の木のことばかり思っている
これが樫の木なのだと
五月になれば黄白の花を咲かせ
冬になっても葉の落ちない木なのだと
この結核の病院で聞いたばかりだ
それは常緑喬木というのではあるまいか
しかも大変に材質の固い樹ではあるまいか
仙台へやってきてから

始めてほんとうの言葉を聞いた
東京には武蔵野の野径に多いのだという
樹になぜ葉を落す樹と落さない樹があるの
か
葉を落さない樹の辛さ
花をつける樹の苦しさ
花をつけない樹の苦しさ
いま樹のことばかり思っている
樫の木のことばかり思っている

病い

病んで光よりも早いものを知った
病んで金剛石よりも固いものを知った
病んで
花よりも美しいものを知った
病んで
海よりも遠い過去を知った
病んでまた
その海よりも遠い未来を知った
病いは
金剛石よりも十倍も固い金剛石なのだ
病いは
花よりも百倍も華麗な花なのだ
病いは
光よりも千倍も速い光なのだ
病いはおそらく
一千億光年以上の

ひとつの宇宙なのだ

航海を祈る

それだけ言えば分ってくる
船について知っているひとつの言葉
安全なる航海を祈る

その言葉で分ってくる
その船が何処から来たのか分らなくても
何処へ行くのか分ってくる
寄辺のない不安な大洋の中に
誰もが去り果てた暗いくらがりの中に
船と船とが交しあうひとつの言葉
安全なる航海を祈る
それを呪文のように唱えていると
するとあなたが分ってくる
あなたが何処から来たのか分らなくても
何処へ行くのか分ってくる
あなたを醜く憎んでいた人は分らなくても
あなたを朝明けのくれないの極みのように
　愛している
ひとりの人が分ってくる

あるいは荒れた茨の茂みの中の
一羽のつぐみが分ってくる
削られたこげ茶色の山肌の
巨熊のかなしみが分ってくる

白い一抹の航跡を残して

船と船とが消えてゆく時
遠くひとすじに知らせ合う
たったひとつの言葉
安全なる航海を祈る

後記

この本は、村上昭夫二十年の詩業の総決算であって、第一詩集である。

彼は、昭和二年一月岩手県陸前高田市に生まれ、岩手中学卒、戦中渡満、戦後詩をかき首輪、Lá等に所属、特に岩手日報に多くの作品を発表、村野四郎氏の指導を受けた。

宮沢賢治の影響を受け、闘病の中から新しい世界を目ざし永遠を夢見ながら病む彼にかわって、この本を編んだのは高橋昭八郎であり、特に序文をよせていただいた村野四郎先生に感謝申しあげ、秀れたこの詩集が多くの心にふれることを願って止まない。

大坪孝二

解説・論考

連作詩「サナトリウム」の「ほんとの悲しみ」と「自然の交響曲」

鈴木比佐雄

村上昭夫詩集『動物哀歌』は、一九五〇年、二十三歳の時に岩手医科大学付属岩手サナトリウムに入所した。その翌年に入院してきて詩作を勧めた詩人の高橋昭八郎が、村上昭夫の詩作の総決算として『動物哀歌』を編集したと、詩友の大坪孝二が後記で記している。村上昭夫は結核によって余命が長くないことを知り、一九六七年に大坪孝二と宮静江の強い勧めもあり詩集刊行を決断し、詩友たちに原稿を手渡し編集・出版を任せたと言われている。詩集には一九五篇が一行空きで続けられて村上昭夫の全詩集的な意味合いがあった。

二〇一八年に刊行された『村上昭夫著作集　上　小説・俳句・エッセイ他』に続いて、今回『村上昭夫著作集　下　未発表詩95篇・『動物哀歌』初版本・英訳詩37篇』が刊行された。村上昭夫は多くの詩作ノート、原稿用紙の草稿、そして清書された原稿用紙の未発表詩九十五篇を残している。実は最近になってこの九十五篇には三枚の目次メモがあることが分かり『動物哀歌』割愛分目次（リスト）とたぶん高橋昭八郎の筆跡で、Ⅳ二十一篇、Ⅴ七十四篇の作品名が記されていた。村上昭夫から任された高橋昭八郎、大坪孝二、宮静江らが話し合い、九十五篇は割愛されたと推測できる。四人が生存しないので、その間の事情は謎として残った。原稿を清書し手渡した段階では村上昭夫はこれらの詩篇を掲載したかっただろうと考えて、今回の「著作集　下」では、私を含めた編集者たちは、初版の『動物哀歌』の最後に収録される可能性のあった九十五篇を新発見の詩として冒頭に収録することにした。

そのような未発表詩の冒頭の連作「サナトリウム　1〜13」は、亡くなるまでサナトリウムに入退院を繰り返した村上昭夫の実像とその詩作の原点を気負いなく表現している作品だと思われる。ある意味ではこの連作詩は『動物哀歌』以外の代表作として今後は読まれるべき価値ある連作詩だと言われるかも知れない。「サナトリウム　1」を引用してみる。

おおいと思いきり叫んで見たいような／青い森や金色の山を夕暮が移動してゆく／ほら右のあすこの丘だけがあんなに明るいのは／きっと雲が青空をあけっぱなしなのだ／その下で先からごうごう鳴っているのは／風だけでなく中津川も一緒にきまっている／肺病は大きな声を出すとカッケツするそうだけど／私の声があすこの金色の山にこだまして／サナトリウムまで帰ってくることを考えると／くちびるをぐっとつぐんでいるのは／煙草をやめる時よりつらいな／ああ　だがなにも邪魔するものがなくて／好きな位静かに坐っていられるのは／なんとすばらしい時間だろう／青田をうねって風が渡ってくる／自然の交響曲をじっくりと聞いて／今夜はぐっすり眠れるに違い

ない　　　　　　　　　　　　　　　　　　　　　　（「サナトリウム　1」より）

村上昭夫はサナトリウムに入院し気落ちしていたのだろうが、窓から「青い森や金色の山を夕暮が移動してゆく」光景を眺めて、「おおいと思いきり叫んで見たい」とその感動を「青い森や金色の山」に伝えたい衝動に駆られる。「きっと雲が青空をあけっぱなしなのだ」というような表現も、雲の上に舞い上がって下界を眺めている想像力を発揮している。さらに「その下で先からごうごう鳴っている」ものは、風と北上川の支流の中津川の瀬音にも耳を澄まして親しみを感じている。もし山河にその感動を呼びかけたら、喀血してしまいそうなので、「煙草をやめる時よりつらいな」と、ユーモアを感じさせて自戒する胸の内を明かしている。そして「だがなにも邪魔するものがなくて／好きな位静かに坐っていられるのは／なんとすばらしい時間だろう」と、自然の光景の中で「自然の交響曲」を聞きながら「好きな位静かに坐っていられる」ことの素晴らしさを感じて、「今夜はぐっすり眠れるに違いない」場所を見つけたことに安堵している。この「サナトリウム　1」を読めば分かるとおり、村上昭夫は大声を出せば喀血する恐れを感じながら、岩手の自然の中でその光景の色彩に魅入られ「自然の交響曲」を聴きながら、心身の回復を願い続けていたのだろう。

「サナトリウム　2」では「汽笛」から次のような幻想を抱いている。

此処を通る支線列車の鋭い汽笛は／ふと小学校の運動会の／可愛いい喊声《かんせい》のようにも聞え／私は思わず昼食のはしを休める／　幻想ですね／　そうです／けれども支線列車は／あたかもそれのように／ガタガタと一生懸命走ります／　幻想ですか／　いいえとんでもない／私はあの可愛い子供達が／どうしたら結核に感染しないですむかと／それればかり考えてました

（「サナトリウム　2」）

村上昭夫は「支線列車の鋭い汽笛」を「小学校の運動会の／可愛いい喊声」に聞こえてしまうほど、子供好きであることが分かる。このような感性は宮沢賢治と共通する童心を愛する願いを感じる。「可愛い喊声」は幻想的ではあるが、その幻想もすぐに現実に引き戻して、最後の三連の「私はあの可愛い子供達が／どうしたら結核に感染しないですむか」という自分の苦しみを子どもたちにさせたくないと、村上昭夫は心底願っていたのだろう。「サナトリウム　3」では、裏の杉山にリスやキジがいてそれらに和んでいき冬が去っていく。そして最後の四行に次のように記している。

「春は病肺には悪いんだって／ふとんの中にかくれなきゃいけないんだって／ああ　けれども見ろよ／今朝の南昌山の輝いてること」

この肺病が春の季節によくないと言われていたことは、定かではないが何か根拠があり患者たちに伝わっていたのだろう。私にすぐに連想されてくるのは、賢治の『春と修羅』

という言葉であり、春は多彩な生きものたちが活動を再開する季節だが、胸を病んでいる者にとってはやりたいことができない「修羅」のような苦悩する季節なのかも知れない。その中でも村上昭夫は、「今朝の南昌山の輝いてること」に感動する。この「南昌山」は盛岡の南西の約十二キロメールにある山で、賢治の短歌や童話にも出てきて、賢治はこの「南昌山」を含む一連の山々を若い頃によく散策していた。村上昭夫は、このサナトリウムの地で賢治の足跡を身近に感じたことが、このような憧れの表現になったように思われる。そして肺を病むことになる賢治がこの山を歩き回る姿を自らの姿と重ねて、賢治のような詩人を目指そうとサナトリウムの暮らしの中で強く感じていたのかも知れない。

「サナトリウム　4」の最後の四行では、「私の過去は真実を捜そうとした過去でした／山も海も空も／そしてたくさんの人達も／決して遊びではなかったのですから」と自分の過去と向き合いながらも、他者に対しても「真実を探そうとした過去」というように、自他の過去の時間を肯定しようと考えていく。その思いが「決して遊びではなかった」と「山も海も空も／そしてたくさんの人達」などの切実で誠実な存在の在り方を感受していく。

「サナトリウム　5」の後半では、次のような切実であり独特な宗教観を記している。

「どうかキリスト様／あの不自由な人達へあわれみを／それから佛陀様／どうかあの人達の苦しみをのぞき給え／そのように祈る自分が／いかにもあのたてものとはえんの遠い人

間のように思われた／私はあほうらしいほこりを持ち／空は痛いほど高く／なにもかもが健康そのものであったから／今日もこのサナトリウムから／あの腰をおろした山を見る／今頃俺と同じような誰かが／俺のことを祈ってくれてると思って」

　村上昭夫にとって「あの不自由な人たち」をあわれみ、その苦しみをのぞいてくれる存在がキリスト様であり佛陀様であったのだ。村上昭夫は「あほらしいほこり」を抱えながらもそのあわれみを与えられる存在であることに気付き始める。そして「今頃俺と同じような誰かが／俺のことを祈ってくれてると思って」というように、苦しみを抱える存在であるからこそ、他者の苦しみに祈りを捧げることのできる存在を確認したいと強く願ったのだろう。村上昭夫は赤裸々に「真実を捜そう」と続けていく。

「サナトリウム　6」では、「肋骨を十幾本ととられ／私だってどうして生きて行ったならと思うし／ああ　そのほかにまだあるんですね／人生一般の歓楽というやつ／それができなくて可哀そうだと言うんですね」というように、世俗的な価値観を陰で言われることに少し反発を感じるも、そのように話題にしてくれるだけでもいいので、はっきり面と向かっていって欲しいとその二律背反的な複雑な思いを記している。

「サナトリウム　7」では、「今朝私は生れて始めて／桜のほんとの美しさを知る／思いっきり生きるものの／あとに悔いを残さないものの／未練なく散ってゆくものの」という「桜のほんとの美しさ」を発見して、自分の存在の在り方もそのようでありたいと願っている。

「サナトリウム　8」では、「悲しみは暮れてゆく夜の森のなかへ／そっとしまいこんでしまおう／太陽の下では何時でも／ゆびを食いちぎっても笑わなければならぬ／ああ　けれどいつわりの笑いのなかにこそ／ほんとうの悲しみがあろうものを」という人間の精神の真実を語っている。その「いつわりの笑いのなかにこそ／ほんとうの悲しみがあろうもの」という末期の存在の在り方の描写から「ほんとの悲しみ」とは何かが深く語り掛けられる。

「サナトリウム　9」では、「木々の葉が落ちてくる／ひとりで行っちゃいけない／離れちゃいけないいったら」というように、桜花のような潔さではなく、木の葉が落ちるさまを見て、「離れちゃいけないいったら」と悲愴な思いを爆発させていて、最後の行の「かろうじて秋の重さをこらえて立つ」という言葉で自らの存在を奮い立たせている。村上昭夫が最後まで生を燃焼していこうとしていたことが感動的に伝わってくる。

「サナトリウム　10」では、「ほんとうにただ一途にイエス様を疑わない／少女の清澄さ／その瞳に泥をはきかけた私／少女は星の冷めたい中津川の夜道を／ひとりとぼとぼ歩きながら／なにを感じたろうか／肺をむしばまれた若い男の罪を／きれいな瞳になみだを浮べて／イエス様に祈って歩いてるだろうか」と敬虔な少女の信仰心を汚すような言葉を吐いた後で後悔し、最終連で「名も知らない少女よ／あなたにこそイエス様の祝福のありますよう／私は心からそれを祈る」と記している。
「サナトリウム　11」での「三十にもなったひとりの女の心の／悲しい風景」や「サナトリウム　12」の「いつか平凡な母となることが／女のなによりの幸福であること」を心に記録するために、「米内川の流れの／その向うの母である海の声」に耳を澄まそうとしている。
最後に「サナトリウム　13」を引用したい。

夜桜の電気の下で／ほんのりと白衣の娘が呼吸をし／自分の気なげな姿を桜に映そうと／白い腕を夜空に投げかける／誰が見ていてもかまわないし／見ていなくてもかまわない／地上に下りた桜の精／看護衣がすっきりと似合うのだ／つい先まで舞台で舞った／藤娘のあで姿にもまして／働く人の自然の美しさ
（「サナトリウム　13」）

桜の精が乗り移ったような「白衣の娘」を讃美し、「働く人の自然の美しさ」によってサナトリウムに住まう自分たちが支えられていることへの感謝を伝えている。こんなサナトリウムの場所を原点として、村上昭夫は『動物哀歌』の詩的世界へ向かっていったのだろう。この連作詩を読むことは、村上昭夫が宮沢賢治の詩的精神や宗教観を共有し、その有力な後継者の一人であることを物語っている。この連作「サナトリウム」が多くの人びとに読まれ、村上昭夫の「ほんとの悲しみ」や「自然の交響曲」が多くの人びとに読み継がれることを願っている。

はじめての旅は

大村孝子

いつの頃であったろうか、詩の集まりである方が…昭夫さんははじめ〈鴉がカァと鳴いた〉みたいなのを書いていたが今は随分うまくなったな…と話しているのを聞いたことがある。その詩を私は知らないが初期の作品とはいえ、そこには村上さん独自の生命に対する情念が深く潜んでいたのではないかと思う。村上さんが私淑する詩人西脇順三郎も「詩は発展しない。形式は変化するが詩の精神は昔から変わらない」（『雑談の夜明け』より　昭三九）と述べているが私もそうだろうと思う。

村上さんは昭和三四年、若い頃からの結核が悪化して仙台の病院へ入院、激しい闘病生活を経て四年後に盛岡に帰られ自宅で療養を続けておられた。その頃一緒に街を歩きながらお聞きした話である。…以前サナトリウムにいた頃キリスト教について学ぶ機会があり私は信仰していました。ある時、説話の中で〈豚は殺されてもいいのです。何故なら人間より劣っているから…〉と言うのを聞き、私は猛烈に反対しました。生命の重さは人間も動物も同じだと思ったからです…と。その口調から激しい怒りが伝わってくるのだった。

・なぜ
クリスマスになるとなぜ七面鳥が殺される
なぜキリストは黙っているのか

・サナトリウム　10
思いきり宗教を罵倒して
思いきり神を否定したあとの
泣きたい淋しさ

まっすぐな言葉に心打たれる。このあと…万物の生命を慈しむという仏教に心ひかれるようになりました…と話を続けられた。仙台の病院で手術のあと生死の間をさまよいながらすがる思いで念じていたのは経文でした。仏教といえば法華経の中の「如来寿量品《にょらいじゅりょうほん》」

の如来（仏）の寿量（生命）は五百億年もあり仏は姿を変えながら森羅万象の生命を守る、と説いた教義をいろいろ想像してみることもありました、と静かに語られたのであった。

・如来寿量品

如来はこれだけのことを言ったのだ
（略）
例えばこの銀河の世界を抹して微塵とし
ひとつの星雲へ行って一塵を下し
ふたつの星雲へ行って二塵を下し
そのようにして総ての塵を下し終えた世界を
考えることができるかと
（以下　略）

如来の生命の長さは「劫」という形而上の世界である。私は詩の第一連について、天地の理法をうたいながら（…総ての塵を下し終えた世界）を、劫の対極にある「無」の世界として想定しているように思う。この両者を一体のものとする霊的世界をどう受けとめ、詩の言葉としてどう表現すればよいのかと、苦い胆汁を吐く思いで書きました…とのことであった。詩は「…無性に淋しく／悲しく語り終えると／永遠に去ってしまった」と終わる。他にも「去っていく仏陀」という作品がある。それも「…世の誰よりも痛み烈しく／世の誰よりも悲しみ深く／ひとり歩いてゆくらしい」と詩は終わる。この悲しみの仏陀とは村上さんご自身のような気がしてくる。この時どこへ回帰しようとしていたのであろうか。法華経には「去る」という教義的な暗示があるのではないかと思う。仏が去ったあと生命に必要な暖かく甘美な情念の世界がひらけるのであろうか……重い問いかけである。想念を表現する言語への問いかけでもある。模索の果てに「シンボルはさびしい／言葉はシンボルだ」とうたった西脇順三郎の詩世界へと、風が吹き寄せられるように振幅していったのではないだろうか。

村上さんが仙台の病院に入院しておられた頃、東京で「無限」という詩誌が発行された。編集は村野四郎・西脇順三郎氏ら日本を代表する詩人各氏であった。当時、「岩手日報」紙読者文芸(詩)の選者であった村野氏を通して村上さんは西脇氏の詩に触れる機会があったのではないか、西脇氏の詩集『失われた時』(無限社・昭三六)を仙台の病院で時間をかけて筆写している。詩集は〈夏の路は終った／あの暗い岩と黒苺の間を／ただひとり歩くことも終った…〈略〉…有と無の間を／歩いているものは何を考えているのか〉で始まる。「淋しい」といっても西脇詩は透徹した知性が光っている生身の人間の淋しさなのだ。村上さんはこの西脇詩をどう読まれたであろうか。処刑寸前まで追いつめられた戦争体験、それ故に病む身となった日常の辛い雑々等……。すべてを抱えこんで自己に問いかけ、あるいは万象に問いかけながら詩は西脇氏のいう〈永遠に回帰すべき生命〉への祈りを更に深めていったと思う。

・木蓮の花

はるかな星雲を思う人は木蓮の花だ
宇宙が暗くて淋しいと思う人は
木蓮の花だ
花が散って見ればそれが分るのだ

はじめての詩の旅は生涯を貫く道程となった。その旅路は昔馴染と同行二人、次第に呼び声を深めていく鴉のカァカァを道連れに。

村上昭夫―問答に谺させる深淵

冨長覚梁

村上昭夫は岩手中学を卒業後、当時の満州国ハルピン省の宮吏となり、臨時召集を受け三ケ月の俘虜生活を送り、翌年に帰国した。そして盛岡郵便局で働いた。その後二十三歳で結核による闘病生活が始まる。

人の一生は青春時代に決定されるともいわれる。何故なら人として問うべき様々の問いは、その殆んどがこの青春時代に発せられるからだ。しかし問いはすぐには解決は出来ない。一生かかっても解決は出来ないであろう。

しかし大切な点は、この解決の出来ない問題を自分に提出するということの裡にある。そして出来ないからこそ問題なのだ。ここは精神の最も重大な一点があるのだろう。人は年をとるにつれて、迷いが深くなる筈だが、実際は迷いを失ってしまいやすい。道を求める力を失うのである。死ぬまで青春をもちつづけた人、それが真の人であり、詩人ともいえよう。

村上昭夫の一生をたどってみると、見事な青春時代を送っている。見事なというのは華やかとか得意などという意味ではない。むしろ地味で苛酷で困窮した日々を送り、しかもその逆境に負けそうになっても、村上昭夫はその逆境をみつめ、その逆境に対する抵抗のなかで、実に多くの仏典にも触れ生命のあかしを求めている。

そしてそこには純粋な精神の探求が常にあって、村上昭夫の人、そして詩人としての自己形成を完うしていく。

村上昭夫の未発表の多くの作品は、青春期に書かれていて、すでに七十余年を経ていても、全生涯を覆うに足る世界を蔵している作品が多い。年代的には古典化しつつあるものの、なおそれを超えてわれわれの詩精神の糧となるべきものを湛えている。村上昭夫という青年でなければ創造できなかった絶対的なものが、未発表の作品にみられるのだ。村上昭夫の透けた至上の精神の息吹が香っているのだ。

「サナトリウム」というタイトルの作品が十三篇ある。二十三歳で結核となり医科大学附属岩手サナトリウムに入院、二十六歳で退院。その間にこれらは書かれたのである。その中の「4」の作品は次のようである。

「われわれ結核患者には／過去なんか用のないものです／とらわれると空洞が大きくなるばかりです／いいえそれでも捨てられませぬ／私の過去は真実を捜そうとした過去でした／山も海も空も／そしてたくさんの人達も／決して遊びではなかったのですから」

満州国へ往き還るまでの生死をさまよう体験、そして発病。そうしたものからは得るものはなく、意気消沈するのが当然である。しかしこの絶望の底からのみ、再生の芽の萌え出ずる稀有なることがある。作品の中の後半「遊びではなかった」は、そのことを確と語っている。

この作品を読んでいて、「禅」という大切なことを思い出す。そこで行われる「禅問答」とはどういうものなのか。」ある時、「絶対の真理とは何か。あらゆる現象に左右されない永遠に続く真理とは何か」と小僧が老師に尋ねると、「鯰と瓢箪」と答えたという。この問答の様子を絵にしたものは、京都の妙心寺の塔頭の一つである退蔵院に国宝として残されている。

この「瓢箪と鯰」の問答は、きわめてちぐはぐである。ちぐはぐであるから禅問答であり、つまり問い答えとの間に、大きな断絶がある。答えそのものが真理でなく、その断絶、沈黙に実は真理があるというのが、禅問答であるという。

村上昭夫の作品「4」にも「空洞」と「遊びではなかった」とには、断絶と沈黙がありそこから生まれ得たものは「真理」そのものであって、静かにして破壊力をもって迫ってくる。しかも極めてやさしい言葉で表現されているだけに、誠に類をみない力をもって、わたしたちを惹きつける。

作品「馬鹿」にも注目したい。

「死にたいよとそっとつぶやき／けれどもほんとうは／もっと生きたいのだ／自殺しようかとふと思い／けれどもほんとうは／いつまでも生きたいのだ」

青春は若々しいいのちであるが、同時にそれが死によって、村上昭夫の青春は限定されている。無限の可能性を夢みるとは、同時に無限なるものではないという自覚に達する。こうした事実の認識は、人を厭世的にするかも知れない。

しかしこんな人間になってしまっている自己に、絶望することは大事なことである。なぜなら絶望によって、精神ははじめて精神の活動を始めるからだ。ここに慙愧の心が生じたのだ。「馬鹿」の叫びは、その慙愧からおのずと生じたものであろう。

この村上昭夫の「馬鹿」との叫びの中に、響いてきたのは、「雨ニモマケズ」の中で書ききっている「デクノボー」（愚者）とまで、おのれを慙愧しえた宮沢賢治の叫びである。

こうしてみると二人のことばは、それは詩人としてのことばというよりも、一求道者にして切なる人間転生の叫びのことばといえよう。

死は死のためにあるのではなく、生の光輝のためにある。そして生きるのではなく、生かされていることに気づかされて「馬鹿」となりえて、村上昭夫は精神の胎動とその新しく生育する陣痛の時間をもちえたのだ。

そして有限なるもののうちに、たえず無限なるものを求めつづけて、愛とか共生とかいったものを深めていく。簡素な言葉の裡に至上の響きを冴させていく。病気を切り離しては考えられない村上昭夫の生涯と作品を思い、病気が一人の人、そして詩人をかくも深めるものであるという、その「奇蹟」について、驚嘆の念を禁じえないのである。

村上昭夫詩集『動物哀歌』と未発表詩について

――病いと対峙する詩人

渡辺めぐみ

官吏として赴任した戦時下の旧満州で、人と人との不平等と諍いを体験し、引き揚げの際の無理が災いしたため当時の不治の病いの結核を二十三歳で発症し四十一歳で世を去った村上昭夫が、現代に残したものは何だろうか。新型コロナウイルスの感染拡大による脅威が世界中を覆っている今、村上の生涯唯一の詩集『動物哀歌』（第八回土井晩翠賞・第十八回H氏賞受賞）、未発表詩九十五篇及び小説、戯曲、エッセイ、俳句などを読みながら考えてみた。

村上の作品の基底には、生来の家族思いの慈愛の深さに加え、旧満州で迎えた敗戦国の民としての命の危機に瀕する経験や、非情で無益な戦争の実態の把握を経てより血肉化されたあらゆる生命体の尊厳への重視と、虐げられたものあるいは弱きものへの共生意識が、横たわっている。その語り口は、ときに情熱的で教導的だ。

「虎にでもなろうではないか／綱渡りをする場末の虎ではない／だんだらもようのびろうどの肌で／びょうびょうと笛を吹こうではないか／／山に満月がかかる時があれば／かな

しく高く祈ろうではないか／おれは兎などを苦しめぬ／おれは鹿などを傷つけぬ」（「虎」部分）

　また、宮澤賢治への敬愛の影響もあるのだろうか、病いの中で生きる意味を問う作品には、利他的価値観がリズミカルに闊歩している。

「青い草原はひとりで踏むのだ／青い草原を踏む姿を／人に見せるものではない／クローバやゲンゲ／タンポポやナヅナの草原を／人とたわむれて踏むものではない／目的はひとつしかない／世界から不幸ないきものを総てなくすこと／そのために重い病いも生活も／死でさえも耐えなければならない」（「青い草原」部分）

　師範学校に合格したにもかかわらず、弟達の進学のため、自らの進学を諦めたことが潜在意識としてあるのかもしれない村上には、人間の価値の平等を説く理想に燃えた作品もある。

「なぜ少しばかりの言葉を知らないために／人一倍汗にまみれたり／ひとつばかりの上の学校に入らなかったばかりに／人一倍重い石を運ばなければならないのか／（中略）／でもぼくは信じようと思う／偉い人が一人もいなくなって／みなが同じように泥のなかから笑いあえる日のくることを／それをやるのが／まず人間なんだということを」（「なぜ」部分）

　この熱情は優越感による偏見を持つ者を強くいさめる。

「ひるは病院で白衣を着て／夜はキャバレーで客と接するという／そんな女を私は三人も

知っている／／　チップやろうとしてね／　ふと気がついたらやつさ／　ふうんあの女がね驚いたな／／大人よ／みだらな軽蔑の目は消したらいい／女には子供があるということを／子供にはなによりにもまして母様であることを／私はあなたにそれを言おう」（「看護婦」部分）

すべての人間が等しく幸福に生きることのできる社会の実現に向けた信念が、病いの中にある村上自身の生きる力ともなっている。

「パンパンガールが生命保険に入ると言った／住所がきまっていないと／父なし子があるんだと笑った／ただそれだけのことだけれど／／俺は首を前に出してゆっくり歩く／電信柱にぶつかりそうになりながら／それでもゆっくりと歩く／／ああ　聖母マリヤ／世の幾人の人達が／あの女より勝れているというのか」（「パンパンガール」部分）

これらの作品に見られる村上昭夫の特質は、その優しさと倫理観の強さにおいて、私達読者に人間的信頼を約束させる。

しかし、村上昭夫の詩人としての本領がより発揮されているのは、病いが完治せず死への恐怖と自らが死を回避しえないことへのいたたまれない憤りを激しく叩きつけているような気がする作品や、死の相貌に透徹したまなざしで距離感をもって静かに対峙しているように思われる作品ではないだろうか。前者の例として最も忘れがたいのは、「豚」である。

「悲鳴をあげて殺されて行け／乾いた日ざしの屠殺場の道を／黒い鉄槌に頭を打たせて／

重くぶざまに殺されて行け／／皮を剝がれてむき出しになって行け／軽いあい色のトラックに乗って／甘い散歩道を転がって行け／生あたたかい血を匂わして行け／臓腑は鴉にくれて行け／そのために屠殺場が近いのだと／思わせるように鴉を群れさして行け／／人は涙など流さぬだろう／人は愛など語らぬだろう／人は舌鼓をうってやむだろう／その時お前は／曳光弾のように燃えて行け」（「豚」全文）

不条理に屠られるもののおぞましき死の考察と言えようか。村上昭夫を思う両親、サナトリウムで知り合った恋人の昆ふさ子（死の前年に彼女と結婚）、岩手の詩友達、愛犬クロなどに見せる温厚で気高い品格の持ち主としての側面とは一見かけ離れた異色の作品である。病いに勝てない自分だけでなく、国籍を問わず戦争によって犠牲になった兵士や民衆の苦しみが、重ねられているのだろう。『北畑光男評論集　村上昭夫の宇宙哀歌』（二〇一七年・コールサック社）の中で、北畑氏は、「豚という形を借りて、人間を問うが、その人間の一人が自分であることを思えばこの作品は自分への告発でもある。」と述べている。筆者は、揶揄するかのような激しい文体と敗者の誇りを突きつけられるような迫力に惹かれた。阪神淡路大震災、松本サリン事件、地下鉄サリン事件などが発生した二十世紀末から東日本大震災と原発事故で始まった二十一世紀初頭にかけて、更に新型コロナウイルスの蔓延による世界規模での大量の死者が発生している現在、私達は加速した文明の発展の裏で残酷な様々な淘汰の時代を迎えている。このことを考えたとき、この作品の持つ辛辣な情景描写は、ひとりひとりが心に刻印すべきものであると思う。

死の相貌と静かに対峙する作品を引こう。村上昭夫によって描かれる生物達の中で、死の気配を濃厚に秘めて現れるのは、複数の作品に登場する昆虫、こおろぎの存在である。

「私らの苦しみは／黒いこおろぎの黒い足のつま先の／一万分の一にも値いしない／／私らの考えていることは／黒いこおろぎの黒い足のつまさきの／一万分の一にも値いしない／／私らの持っている不治の病いも／かさなる願いごとも／私らの死でさえも／あの秋を鳴く黒いこおろぎの／細い足のつま先の／一万分の一にも値いしない／／世界はまだできあがらない／黒いこおろぎなのだ」（「黒いこおろぎ」全文）

こおろぎの細部を見つめているようでいて、耳を澄ましてその存在を感知している詩人の姿が目に浮かんで来る。

「部屋にはこおろぎがいるのだ／秋になるとどの部屋にも／きまってこおろぎがでてくるのだ／こおろぎは世界のすべての恐怖や／死や病いや離別やその霧の彼方とかいうものと／同じ深い方向からくるのだ／それをこおろぎというのだ／（中略）／こおろぎを話しさえすればいいのだ／こおろぎがなぜ現れてきたのか／こおろぎが現れなければならない不思議が／世界の何処かにあったのか／こおろぎのかたちのことを／こおろぎの鳴く音のこ

とを／こおろぎの遠い日の恐怖のことなどを／この部屋で／話しさえすれいいのだ」（「こおろぎのいる部屋」部分）

こおろぎは村上昭夫が休んでいる部屋に実在するとともに形而上学的存在でもある。詩人を取り巻く大宇宙の運行原理の謎を示唆するために訪れる重要な伝令のような役割を担い、同時に、死や離別の恐怖や病いの悲しみという不合理な生の負荷そのものの表象としての黒という喪の色彩をまとっているのかもしれない。「世界はまだできあがらない／黒いこおろぎなのだ」この二行の豊穣なポエジーは、新しい現代詩の書法が独自性を求めてしのぎを削る現在にあっても、全く色褪せることがない。文脈が概念の飛躍によって構成されており、自らの死の予見という極小の出来事から宇宙の創生へと時間を遡行させる。このダイナミックなスケールによって、村上昭夫は死を凌駕することはできないが、死を包含する宇宙の柔らかさと果てしなさを手中におさめる。これは村上昭夫ならではの姿勢である。

村上昭夫の詩を読む上で重要な鍵となっている黒を基調とした作品を、他にも見ておきたい。

「明るい明るいまひるまに／真黒い夢を見た／その暗黒さは何処までも果てしなく続き／底もなく宇宙にただよっていた／そこへほうり出された私は／何処へとも行く自信がな

かった／ただ真黒いえたいの知れないものが／果てしもなく続いていた／いつか見た黒潮の潮流のように／私の目の前にそれだけがあり／それだけが続き空と水、水と空／今になってそれを見たのかも知れない」（「黒い夢」全文）

病いを抱えた村上は夢を見ても夢の中で暗黒の宇宙を漂っている。死そのものであるかもしれない真っ黒な無限大の広さの中にたったひとりで投げ出されていながら、生きようと激しく抵抗するというよりは黒になじんでいるような静かさがある。これを求道者の心の平安であると読むこともできるかもしれないが、むしろ郷里の自然を愛した村上の、自然の延長線上にある宇宙の謎に身を委ねている状態ではないかと思われる。死を孕む黒という色にさえ村上は郷愁があるのではないだろうか。

「黒土はなつかしい土／過ぎし日の幼き頃の／ふるさとを思い出す土／／黒土を歩む今日われ／さめざめとふれて泣いたよ／小川辺をゆきつもどりつ／／さめざめとふれて泣いたよ／ふるさとを思い出しては／さめざめとふれて泣いたよ／／黒土にそぼ雨降りて／黒土はなおも続けり／小川辺はなおも続けり」（「くろっち」全文）

黒土は地球の地表の色である。地球を包み込む大宇宙の黒さと呼び合っているのかもしれない。人や動物や作物の誕生と死の両義性を司る黒土の温かさと哀しみが、村上昭夫の涙とそぼ降る雨を介して読者の胸を浸潤する。

病いと向き合う思いをストレートに述べた作品もある。

「病んで光よりも早いものを知った／病んで金剛石よりも固いものを知った／／病んで／花よりも美しいものを知った／病んで／海よりも遠い過去を知った／病んでまた／その海よりも遠い未来を知った／／病いは／金剛石よりも十倍も固い金剛石なのだ／病いは／花よりも百倍も華麗な花なのだ／病いは／光よりも千倍も速い光なのだ／／病いはおそらく／一千億光年以上の／ひとつの宇宙なのだ」（「病い」部分）

病いが肉体を蝕む執拗な攻撃力の堅固さを、その不動さにおいて称えるかのような感触すらある記述である。こおろぎも病いも詩人にとってひとつの未知の未踏の世界であり、宇宙である。それらの詩に流れる日常の秩序から脱却した思念の構築力は、他の追随を許さない。東北の澄みきった空気の所産だろうか。喧騒に満ちた現世の不浄さをしばし忘却させるような張りつめた言葉の威厳を備えている。

村上昭夫は真摯な詩人だ。病いを克服し詩を極めるという叶えられない夢に向かって、死を確実に引き寄せる結核という病いの強固さを島宇宙と引き換えながら、最期まで闘ったのだ。美学とは違うその村上なりの居ずまいの律儀さを、多くの人が記憶に留めるべきではないだろうか。苦しんで、苦しんで、耐えたひとりの青年の孤独と誇りとを。

（二〇二〇年七月二十二日）

村上昭夫を読む

スコット・ワトソン　万流庵（雅号）
日本語翻訳・水崎野里子

初めて私が村上昭夫の詩を読むようになった時、彼の経歴の概略は知っていた。基礎的な情報は読んでいたからである――村上昭夫は日本、本州・東北地方の岩手県に生まれた。また、いつ生まれたのか（もし彼がまだ生きていたら、私の九十二歳になる父より一歳年上となる）、どこの学校へ行ったか、いつ誰と結婚したか（彼の結婚は一九六八年、四十一歳で死ぬ直前である）、なんで死んだか？――などである（結核で死んだ）。

だが、詩人の本質は詩人が創作する詩の中にある。彼の詩を読むことによって、私は村上昭夫をより良く知るようになって行った。詩を読むことは、詩を一篇ずつ私たちの心の内部に取り込んで行き、詩と詩人自身の間の分離は消えてしまうのを感じる経緯である。詩人が自分とは異なる言語で書いていれば、彼の詩を心の中で親しく感じるには、より多くの時間と努力を要する場合もあるだろう。

私は村上昭夫ではなく、彼は私ではないけれども、詩は一体性を要求する。それはこういうことである――私たちは孤独であろうとも、すべて生きる者は共にすべて孤独である。

それは、ばらばらの断片からハンプティ・ダンプティの全体像を再び組み上げるゲームの構造である。私はアメリカ生まれでネイティヴの日本人ではないので、村上昭夫の日本語と詩風に沈み込むには時間が必要だ。おまけに、二十年間、私は種田山頭火の一筆書きのような啓示詩の翻訳に没頭して来たので、村上昭夫の詩の調子に私自身を合わせるのはそう簡単ではなかった。だが、私にとっては良い試練であった。

日本人の読者が、私には不可能な視点で村上昭夫の詩を鑑賞することもあり得る。他方、彼らには日本語はあたりまえであるゆえに、私は彼等が取りこぼすなにものかが見えることがあり得る。日本人の読者は、私自身の言語の不十分さ（訳者註・文化的差異）ゆえに詳細な調査を要した箇所に説明を加えることもあり得る。

理解されるべきことは、これらの詩の多くは村上昭夫が病院で寝たきり（訳者註：bedridden）の間に作られたということである。「寝たきりで書いた」（訳者註：文中のbedwritten。筆者による造語）と言う単語は、恰好の説明となるだろう。結核は治癒が不可能な病であると彼は書いている。彼はタクラマカン砂漠に行ったことはなかったが知っていた。本や写真や行ったことのある誰かから聞いて知っていたのである。仙台での私の隣人のひとりは、糖尿病で寝たきりであった。彼は列車での旅についての本を読むことによって、想像力を掻き立てることが好きであった。彼はポール・セローの小説の翻訳本、『鉄道大バザール』の読者であった。同じように、村上昭夫は病床にあり、想像力を駆使して地球上すべての地と宇宙、他の銀河系へと旅立ったと私には思える。

だが、すべての創造物の上を彷徨いながら、彼は詩を旅行鞄に詰めることを忘れなかった。詩がなかったら、これらの作品は、何百万光年も彼方にある物事、巨大な象や金色の鹿など、想像上の、興味深い、読者を楽しませるにすぎない単なるお伽話に過ぎないだろう。詩であるからこそ、人間の存在の深淵に私たちを連れ戻す。

村上昭夫は、星々さえも人間の幻視の領域の中に囲われていると語るが、それは彼をある領域に導き入れる。一般には知られていないものたちの世界であり、それは大いに称賛したい。一般には知られていない世界、それは真実であり、詩そのものだ。それが幾光年彼方にあっても、ここ地上に鶴や雁や鼠の形を取っていようとも、知られざる世界は知られざる世界であり続ける。村上昭夫は知られざる世界を存在させ、明確に書き留める。それはまさに詩である。詩における村上昭夫は、良い詩と悪い詩の区別などないと知っているように私には思える。良し悪しは、筋の語りの進展を容易にする価値評価の用語であるが、我々の想像力を抑制する場合もある。本質的には、良いとんぼも悪いとんぼもない。馬に良し悪しはない。木もしかりである。人間世界には、詩のように見せかけているが実際には詩ではないものがしばしばある。頁上では詩に見えるように配置されてはいるが、実際には詩ではない書き物について私は述べているのである。村上昭夫の詩には、良いとか悪いとかの評価を超えて実際に詩がある。詩人は（狭く囲われている現実の）人間世界を超えた広大な宇宙を観る。

以下のことは、村上昭夫が人間ではない生き物に親近感を抱く理由であろう。動物の生活というもの、それは人間の生活よりも困難を極める（エアコンもスマホもない）。しかも、人間が仕掛ける争いにもかかわらず、彼らは生来の静寂の中で暮らしている。動物を表す言葉が「動」と「物」から成っているとしても、動の中の静寂だ。穏やかな、動物のあどけなさとも形容出来るであろう。だが、穏やかさとあどけなさとは人間の属性でもある。我々もまた動物であるがゆえに、（人間はそのことを認めがたいとしても）、もし人間が余計な雑物――喧噪――を取り去るとすれば、程度は個人によって差はあろうが、同じ属性が人間の生活を形成する。動物の静けさは、村上昭夫自身の孤独感の反映である。その点にこそ詩人の果てしのない深さがある。彼にとって、宇宙全体は生き物である。神秘を抱きながら生きている。そこで生きるすべての者は水のように澄んでいる。

哀しみという日本語は村上昭夫の詩に一貫する。彼が不治の病を患っているという悲しみではない。自己憐憫ではない。読者は、ここに所収の彼の詩は仏陀と共にキリストに結び付いていると思うだろうけれども、その哀しみは、必ずしも仏教などの特定の宗教から発祥の哀しみ（すなわち、日本版の万物の瞬時性を指す「もののあはれ」）、あるいはキリスト教から引用の悲しみである必要はない。エマソンは言った、花は笑っている宇宙であると。村上昭夫の詩の中で、動物は泣いている宇宙である。事実、ここに集められた詩は、日本語では『動物哀歌』という題の詩集からの抜粋である。動物とは animal の日本語である。「哀歌」は嘆きである。「動物の嘆き」である。「動物の悲しい歌」である。それは人間が存在する以前から存在しているかなしみである。それは孤独の宇宙であり、他のなにものでもない。あるいは、もしその感情をかなしみと呼ぶことを望まないとすれば、情け深いと呼んでも構わない。孤独の宇宙、情深《なさけ》い宇宙である。

もし我々が、必要もなく動物を殺したり、必要もないのに自然を破壊すれば、我々の心は懺悔に捉えられ、我々の精神は堕落し、我々の評価は損なわれる。さらに、万物の相互連関により、世界全体は枯野と化す。その光景はまさに達磨大師の教えの通りである。大師は仏教徒として、殺生を宇宙の法と秩序として解釈した。もし我々が法として殺生を解釈しようとすれば、そのような解釈となる。もし我々がそれを説教して聞きたいと望めば、僧による説教（あるいは読経）として聞くことが出来る。だが私にとっては、それは説教でも読経でもない。朗唱される詩というものがある。詩とは、究極的には精神的である。人生が究極的には精神的であるのと同じである。詩の究極は達磨に近い。村上昭夫は真実を詩によって我々に差し出す。

朗唱に関して言えば、私がこころの中で聞く村上昭夫の声は太く、深い。彼の謡いは静かに流れる河のように滑らかである。彼の詩が音楽的であると言うことは、明白なことを述べているにすぎないだろう。母音が豊富な日本語の音読は、音楽性は不可避である。

短歌や俳句には音律リズムの響きがあり、聴き手の耳はそれらの形式に慣らされている。私は音律を耳で聞き取ることに関しては苦手だが、音律にこだわる人間でもある（伝統的な英詩の韻律法の場合である）。それゆえ、私は、いずれかの音律リズムが私の英語版にも共通して響き合っているかについてはあまり自信がない。私が希望出来ることはせいぜい、村上昭夫の詩の私の英訳が失われないことである。そして勿論、私の英訳が限りなく音楽であって欲しいと切望している。

村上昭夫によるこれらの詩群において、私に鐘の音のように明らかに一貫して迫って来たものは、彼の憐れみの心である。彼は、生きていようが死んでいようが、これからこの世に来るものであろうが、あらゆるものを気遣う。彼は、すべて苦しんでいるもの、すべて死のうとしているものを、迫りくる自分の死さえも共に、憐れむ。

なぜこのように立派な詩人がなぜ海外に知られていないのか、不思議に思う。おそらく、一人の詩人が、彼女なり彼なりの国であるいは海外で、有名か無名かということは、大いに運の問題であるということであろう。実際のところ、もし水崎野里子さんが二〇一九年の八月に東京で開催した〝パンドラ詩の朗読会〟で山頭火についてのトーキングのために私を招いてくれなかったら、私は北畑光男氏に出会うことはなかっただろうし、村上昭夫の詩について聞くこともなかっただろう。運が良かった。しかも現在、私が聞いたところによると、私のこの英訳が村上昭夫の詩が英語で登場する最初であるということである。この好機を感謝し、詩を英語で理解出来る世界中の人々が、ここに発表された村上昭夫の詩を楽しんでくれることを私は切望する。

（米国生まれ、仙台在住。東北学院大学教授。詩人、翻訳者）

村上昭夫著作集の完成
――まぎれもない今世紀の詩集

北畑光男

一、人類の危機

新型コロナウイルス感染症（COVID-19）が人類を死の恐怖に陥れている。ワクチンもない。令和二年（二〇二〇年）五月上旬現在、日本のいくつかの大病院では医師、看護師までも感染し、医療崩壊の現実に直面している。

森から出た人類の祖先は直立二足歩行を始めた。これは手が自由になり、脳が発達することでもあった。そのために環境に働きかけ、長い年月をかけて現在の文明社会を築いてきた。環境を人類の都合に合わせる歩みでもある。人類ファーストは、自然界から多くの被害も受けてきているが、人類は知恵と工夫で突っ走ってきた。

縄文時代の人骨からは、戦いでできる骨への傷跡が無いという。

弥生時代は壕、逆茂木の柵などを備え、外敵を意識する時代になっていった。それはたとえば、九州の吉野ヶ里遺跡に代表される遺構にみることができる。

世界的に見れば人類間での戦争は絶えることがない。

二、昭夫、最初の詩

村上昭夫（以下、昭夫）は、親の反対を押し切り、昭和二十年（一九四五年）十八歳で中国東北地方（旧・満洲）へ渡り満洲国官吏になる。満洲国は日本の傀儡国家であった。敗戦により、多くの困難のなかで昭和二十一年（一九四六年）の八月下旬に帰国した。五か月後の昭和二十二年（一九四七年）一月、自宅から近い盛岡郵便局事務員の仕事に就いた。仕事はもちろんであったが、職場の合唱団交声会のリーダーになって活躍した。ラジオの番組に出演、鐘を三つ鳴らしたという。また、組合の機関誌『意吹』の編集長になって詩や小説などを精力的に発表した。

最初の詩は、ソ連軍により満洲からシベリアに連れていかれた時のことを書いている。詩的技巧など取り込むこともしないで、そのままを書いたのだろう。

友に捧ぐ

君の霊が私を導いてくれたのか／何気なく村田という表札を見て／ごめんくださいと

入った／私の網膜に／心光院の白木に／くっきりと／黒い文字が／線香の煙と共につきささった／／今の今まで／無事に生きているものと／君の元気な姿を信じていた私は／何という呑気な／頼りない男だったんだろう／北満の田野を／ソ連軍の砲撃の前に／追われ追われて／逃避行を続けた時／君はまだまだ元気だった／やがて私は無事日本に帰り／ジャラントンの戦場で／捕虜となった君は／命の続くを固く信じて／シベリアへ行った／零下四十度のチタ洲で／君の肉体は寒さに／木の葉のように震える／永住の地を見いだしたに／違いない／何一つない殺伐とした／ガダラの地に／君は懸命にも穴ぐら生活を続け／糧食を搾取する特権階級のために／もろくも栄養失調となった／やがて一個の頼りない肉体は／不気味にむくんで／骨と皮ばかりに痩せほそり／故郷の山河も夢見ず／お母さんとも呼ばず／ただもう白米の飯が食いたいと／それだけをつぶやいて／死んでいった／チタ洲ガダラ地区ハラグンに／君の身体は生焼けのまま／墓標の下に永遠に眠る／／東風吹く風よ／飛ぶ雲よ／行きて祖国にとく伝え／雪原深くうずもれて／同胞此処に眠れるを／／たった一人の息子を失って／君の両親は半信半疑のまま／「残った写真はこれだけでした」／学生時代の姿を見ていた／それが人生であろうとも／私はなんとも言えない／自らなぐさめる言葉を知らず／君と酒を飲んだ話をして／なおさら両親を悲しませた／友よ心ない私を許せ／やがて再び極寒のおとずれる／大シベ

リアの広野に／安らかに眠る悌一君の／はるかなる故国より／君の冥福を祈ろう

村田悌一は盛岡市加賀野の人。当時、昭夫の家も加賀野にあった。昭夫は現地で志願兵にもなったか。お互いに部隊が一緒だったと思われる。

三、昆ふさ子との出会い

郵便局に勤務して三年後、水を得た魚のような生活は短かった。死の病と言われて恐れられた結核が発病したのだ。まだ、ワクチンも治療薬もなかった。長い入院生活が始まる。昭和二十七年（一九五二年）入院先の院内俳句の会で、後に妻となる昆ふさ子と親しくなる。ふさ子の方が結核の症状は重かった。

ふさ子氏へ
くらいとげのような風が／びゅうびゅうと海を渡ってくる／／吹き荒れる砂丘／幾重にも厚さの知れない／ねばりつく夜の壁／その中に／ぼくら手をつないで立とう／／海の吠え　荒れる暗い夜の壁に／僕らの燃える火を／ぬりつけて　塗りつけて進もう／やが

て　天高く戸を開ける音の／夜明けの方向に／砂丘を越えて

ふさ子が手術を受けることを知った昭夫は、毎夜、成功を願って水垢離《みずごり》をとった。奇跡的にふさ子の病気は快復し、職場復帰ができた。小学校の先生であった。

昭夫の病状はだんだん重くなってくる。

四、昭夫の初期詩篇・差別への反発

「死」という未知なものが、さまざまな動物や植物、それに、実にたくさんの人間の形態となって姿を見せました。それらのものを懸命になってノートや原稿に書きしるしました。それが『動物哀歌』となって世に出ました。（村上昭夫・晩翠賞受賞の記』より抜粋）

本詩集には、これまで未発表だった百篇近くに及ぶ詩を掲載することができた。今までは地名のついた作品がほとんど無かったが、新しい原稿には地名のついた作品を発見できた。地名があるということは、昭夫の行動半径を知ることにもつながる。

昭夫の病状が軽くなり仮退院の時もあった。これまでの詩集になく、新しい地名は中津川、岩山、米内川、姫神山、南昌山、下米内、北上川、一本木原、平泉など。これらの多くは盛岡の市内か近くの地名であることに気づく。南昌山は盛岡市の南西部に聳えている。盛岡市加賀野にある昭夫宅からは窓辺に高く見える山だ。また、平泉は藤原文化の栄えた岩手県南の中尊寺のあるところだ。

昭夫の好きだった山は岩手山。その向かいは姫神山だ。岩手山と姫神山の間を流れるのは岩手県一の大河、北上川。旧盆の八月十六日、北上川に架かる夕顔瀬橋と明治橋付近では「舟《ふね》っこ流し」（精霊流し）が行われる。十メートル以上と思われる「舟っこ」は新しい仏さまの卒塔婆を乗せている。昭夫の卒塔婆は青山寺からでた「舟っこ」に乗せられたのであった。（参考「精霊船」）。岩手山のすそ野に広がるのは一本木原だ。昭夫の入院した岩手医科大学附属サナトリウムは盛岡市下米内にあった。

長く入院していると、周囲の人のことなど黙っていても耳に入ってくる。

ひるは病院で白衣を着て／夜はキャバレーで客と接するという／（略）／大人よ／みだらな軽蔑の目は消したらいい／女には子供があるということを／子供にはなによりにもまして母様であることを／私はあなたにそれを言おう／女のためでなく／私もあなたを含めた人間のために

「看護婦」部分

パンパンガールが生命保険に入ると言った／住所も決まっていないと／父なし子があるんだと／ただそれだけのことだけれど／／俺は首を前に出してゆっくり歩く／電信柱にぶつかりそうになりながら／それでもゆっくりと歩く／／ああ　聖母マリヤ／世の幾人の人達が／あの女より／勝れているというのか

「パンパンガール」

偏見からくる差別の恐ろしさを、あえて昭夫は（女のためでなく／私もあなたを含めた人間のために）と自戒をこめて書いていることに注目したい。

「パンパンガール」の詩は、内容は異なるが、ドストエフスキーの『罪と罰』にでてくる娼婦、ソーニャの苦しみと自己犠牲に徹しようとする生き方に通底するものがありはしないか。昭夫の人間観の特質を示した作品である。

現在、新型コロナウイルス感染症に罹った本人、家族や治療にあたる医師、看護師など、関係する人への様々な差別が起きている。

差別をする側の人は、病気への恐怖や不安などの理由を挙げているが、このような時こそ、冷静になってことの本質を見極める心と姿勢が大切ではないか。差別される人の気持ちを考える想像力が大事ではないか。昭夫の詩の根底には弱者側に立つ精神がながれている。差別は病気より恐ろしい、と話したのは、差別による被害を受けている患者の言葉であった。

五、その他、新詩篇の発見と英訳詩篇

音数律をもつ歌う詞も昭夫は作詞していた。新しい発見である。「雪の降る晩」「恋なれば」「親なし子兎」「くろつち」「北上川」などの作品である。

新しく収録した作品群は昭夫の入院初期ともいえる作品があり、死や恋愛に悩む詩もある。偉大な仕事を成した詩人でも、初めから優れた詩を書けたわけではないことを本詩集から感じ取って頂ければ幸いである。キリストを書いた作品、性と愛の間で悩む姿なども、詩人誕生の大切な精神史になる。

また、昭夫の詩をスコット・ワトソン教授のご尽力で、英訳して掲載することができた。日本で最初の英訳であるのは勿論、その英訳数も多い。画期的な出来事である。この英訳によって昭夫の詩が世界中の人の心に届くことを願っている。

六、環境問題と昭夫の詩

最近、生物多様性の重大さが言われるようになってきた。昭夫の詩は自身の痛みをとおして書かれてきた。それは生物多様性に直結する作品でもある。現在、地球上には百五十万種もの生物が知られているが、熱帯林などには未知の生物がその何倍も生息しているとも言われている。開発と称し、急激な森林破壊によって、毎年数千種類の生物が絶滅していると推定されている。森林は人間にとっても燃料や紙パルプ、建築資材、ゴムや漆、メープルシロップ、薬用植物、医薬品など生物資源として有用なものが無限の可能性をもって秘められている。生物種の減少は人類だけでは存在できないことを表している。森林を増やす植林作業が大事であることは言うまでもない。

大きな台風がやってくる回数が増えているのは地球温暖化の影響であるという。水蒸気の蒸発量が増えれば雨量は増えてくる。雨量が多いと洪水をもたらす。生物が海から陸に上陸できたのは、オゾン層が紫外線を遮っているからだが、オゾン層が壊れてきたため皮膚ガンが増えている。この対策は、フロンなどのオゾン層破壊物質を無くして、酸素をつくる森林などを増やすことから始めなければならない。生物（人類）をとりまく環境は悪化してきている。プラスチックごみや原油流出事故、さらに酸性雨、砂漠化、土壌汚染、水の汚染、大気汚染、原発事故で発生する放射線被ばく、有害な化学物質の問題など挙げればまだまだある。

作品、「黒いこおろぎ」は人間のつくりだした環境の中で生きていかなければならないことを思うと、人間よりもっと悪化した環境にコオロギはいると考えた方がいい。コオロギは黒いが、敢えて昭夫は（黒い）をつけている。そんな環境でコオロギは生きていることにも注目したい。

私らの苦しみは／黒いこおろぎの黒い足のつまさきの／一万分の一にも値しない／／私らの考えていることは／黒いこおろぎの黒い足のつまさきの／一万分の一にも値しない／／（略）／／世界はまだできあがらない／黒いこおろぎなのだ　「黒いこおろぎ」部分

七、人類は地球の破壊者か

本年（二〇二〇年）初めに恐るべきニュースが世界中を駆けぬけた。核戦争で人類が滅びるまでに残っている時間は一分四十秒と発表されたのだ（原子力科学者会報「世界終末時計」による）。核戦争の危機にも直面している。ある国々の権力者たちは軍事力を宇宙にまで展開しようとしている。

六十五年前の昭和三十年（一九五五年）に昭夫は核戦争後の世界を次のように書いている。

闘いという闘いが総て終わりを告げ／一匹の虫だけが静かにうたっている／その時／例えばコオロギのようなものかも知れない／五億年以前を鳴いたという／その無量のかなしみをこめて／星雲いっぱいにしんしんと鳴いている／その時／／私はもう何処にもいなくなる／／（略）／／五億年の雨よ降れ／五億年の雪よ降れ

「五億年」部分

核戦争をしなくても、やがて人類はいなくなる。宇宙の摂理である。権力を持つものに踊らされて死に急ぐことだけは避けなければならない。人類は数百万年前に森からでて直立二足歩行を始めた動物の一種だったが、現在は、自分たちの住む地球の破壊者になってしまったか。

八、人類に未来はあるか

新型コロナウイルス感染症を生き延びたと仮定して、その後に何が待っているか。誰もが予想しているのは、大不況の暗雲が地球規模に広がっていることである。生き延びることが第一であったことから、新しい段階に入ったのだ。

明治以降の我が国の歴史は、その時の状況によっても異なるが、主に、不況克服と権力維持のために戦争をしてきたのではないか。かつての戦争は必ず勝者と敗者になったが、今、戦争をしたらどうなるか。戦争はあってはいけないことだが、核戦争になれば勝者も敗者もないまま、人類の死者だけは増え、昭夫の詩「五億年」の世界になってしまうのではないか。

昭夫は死の眼鏡をかけて詩を書いた。命あるものが様々な姿で昭夫の目に飛び込んできた。それは人間の行動で追いやられた動物や植物をとおした命の悲しさ、どうすることもできない悲哀であった。悲哀は慈愛の目で見れば、いたわりあいであり、尊重でもある。すべてが平等の世界、悉皆仏性《しっかいぶっしょう》を知ることでもあった。

昭夫の詩集『動物哀歌』の観点から、在るべき現実を模索して見えてくるのは、国連が提唱している世界と重なるようだ。それは、持続的な循環型社会にしなければならない、ということである。国連は提唱している。地球温暖化防止のための低炭素社会もその一つであると。

九、闘争の情緒

昭夫は自分のなかにある迷いや欲望を見つめている。そんな自分に対して、「嘘の自分」と言っている。詩は、嘘の自分に対する反逆である。闘争の情緒であると。
詩集『動物哀歌』はまぎれもない今世紀の詩集である。

十、碑の説明

本書の最後に写真がある。昭夫の詩の一部とふさ子の俳句が碑になったものだ。
昭夫の詩は「雁の声」の一部。

雁の声を聞いた／雁の渡ってゆく声は／あの涯のない宇宙の涯の深さと／おんなじだ

ふさ子の俳句
銀やんま／水かげろふを／抜けてくる

ふさ子の弟、昆精司宅の裏庭に建立。岩手県北上市黒岩にある。

十一、さいごに

最後に『村上昭夫著作集・上』、拙著『村上昭夫の宇宙哀歌』も併せてお読み願いたい。昭夫の理解が深まるのではないか。二冊ともコールサック社刊です。

『村上昭夫著作集』上・下巻の刊行にあたり日本現代詩歌文学館様、同館学芸員・豊泉豪様、齋藤岳城様、村上成夫様（昭夫実弟）、大村孝子様、斎藤彰吾様、冨長覚梁様、渡辺めぐみ様、渡辺眞吾様、英訳のスコット・ワトソン様、英訳の校閲をして頂いた水崎野里子様、写真提供の昆精寿様、出版元のコールサック社・鈴木比佐雄様、座馬寛彦様には大変お世話になりました。厚く御礼申し上げます。

編集付記

一、なるべく原文を尊重しつつ、文字表記を読みやすいものにしました。
1　明らかな誤字、脱字は訂正しました。
2　原則として、旧仮名遣いは現代仮名遣いに、旧字は新字に改めました。
3　読みにくいと思われる漢字にはふり仮名をつけました。
4　読みにくいと思われる箇所には適宜改行、句読点、鍵括弧を施しました。
5　方言は原文そのままの表記としました。

一、本書には今日からみると一部不適切と思われる語句がありますが、すでに諸雑誌や新聞に発表され、さらに詩集や全詩集に再録されたものであること、また、時代的背景や作者が故人であることを考えあわせて、原文のままとしました。

一、未発表詩95篇について、重複する題名には、草稿の配列順にアラビア数字（丸括弧なし）の番号を振りました。

一、本書に収録した作品のテクストは左記のものを元にしました。
未発表詩95篇　草稿・「詩ノート」（村上成夫、日本現代詩歌文学館提供）
『動物哀歌』初版本　『動物哀歌』（Lá の会）、『動物哀歌』（動物哀歌の会）

英訳詩37篇

The 37 Poems from *Dōbutsu Aika*

スコット・ワトソン　訳

Translated by Scott Watson

CONTENTS ／目次

CRANE ／鶴 (4)

GOLDEN DEER ／金色の鹿 (5)

SPARROWS ／すずめ (6)

LITTLE BIRD'S BURIAL SONG ／小鳥を葬るうた (6)

TROPICAL BIRD ／熱帯鳥 (7)

PIG ／豚 (8)

WILD GEESE CALL ／雁の声 (9)

MOUSE ／ねずみ (10)

STRAY DOG THAT HIDES A UNIVERSE ／宇宙を隠す野良犬 (11)

LOST DOG ／失われた犬 (12)

TURTLE ／亀 (13)

ZAMBA THE GIANT ELEPHANT ／巨象ザンバ (14)

DEAD CATTLE ／死んだ牛 (15)

BLACK CRICKET ／黒いこおろぎ (16)

ABANDONED CAT ／捨て猫 (17)

TOAD (bufo japonicus) ／ひき蛙 (18)

LOOKING AT STARS ／星を見ていると (19)

ANDROMEDA NEBULA ／アンドロメダ星雲 (20)

KENJI'S STARS ／賢治の星 (21)

ONE STAR ／ひとつの星 (22)

FIVE HUNDRED MILLION YEARS ／五億年 (24)

CONSTELLATION OF ORION SONG ／オリオン星の歌 (25)

SPEAKING OF LIGHT ／光の話 (26)

CHRIST ／キリスト (26)
A BUDDHA THAT LEAVES ／去って行く仏陀 (27)
MAGNOLIA FLOWERS ／木蓮の花 (28)
TAKLAMAKAN DESERT ／タクラマカン砂漠 (29)
SNOW ／雪 (30)
LOVE'S PERSON ／愛の人 (31)
GREEN PLAINS ／青い草原 (32)
A TREE WITH A BENT BRANCH ／枝を折られている樹 (33)
AT THE END ／終りに (34)
ABOUT DEATH ／死について (35)
DEATH AND GOING UNDER ／死と滅び (36)
MOUNT IWATE ／岩手山 (37)
WHY ／なぜ (38)
ENGRAVING WORDS ON STONE ／石に言葉をきざむ (39)

CRANE／鶴

So that was a crane.
I'm sure it was.

How discouraging to see a crane penned up,
with all the food it needs every day, with
nothing else to do but display its graceful figure.

For a long time
I mistakenly imagined a crane as
up in an immense sunlit sky,
soaring, swooping, believed in
as if it were a good luck symbol.

Either way, beyond those perceptions is
a crane flapping its wings—
so heavy they seem about to break
off—without landing or looking backwards or
ever turning back in a never-ending blizzard.

That's when I heard the
heart-moving voice of a crane

GOLDEN DEER／金色の鹿

I saw a golden deer.
If I say I saw a golden deer
who would believe me?

Because I was an unreliable youth,
because of my inconspicuous inner existence,
people would turn around,
quickly go away.

But it actually is there, on
White Pine Mountain,
with the Pacific Ocean just to the east,
carrying a spread of morning clouds on its back deep inside.
Headed in what direction?
How can I have explain all this
and be understood?

If that deer dies
a wish-fulfilling jewel inside me dies
according to a legend
I must have heard as
tidings of an evening calm.

SPARROWS／すずめ

Shooting sparrows, that's okay.
Catching them is okay.
Frightening them away with a bird scarer, that's okay too.

Scaring away sparrows: in a day scan be scare so many.
A lead bullet is the heavy dark color of our world.
With a fowling net a hundred at a time can be caught.
That doesn't mean anyone can
bring an end to sparrows.
Neither will those who shoot sparrows
nor those who catch sparrows
nor those who endlessly frighten them away
come to an end.

LITTLE BIRD'S BURIAL SONG／小鳥を葬るうた

A little bird that died
has to be buried.

If it's a real sky
it's ever deep blue.
With that in mind,
little Miki, little Kako, little Ken and the rest
won't shoot guns or anything,
and they'll grow up to be happy adults.

With that in mind,

a little bird that died
has to be buried.

TROPICAL BIRD／熱帯鳥

I came to imagine
a tropical bird in flight.

I came to see it as
a tropical bird flying over a never-ending sea
that is a huge, black swell of a sea,
that is a rough, disturbed particles sea,
that is a fishes' empty-stomachs-feeding-frenzy sea.

A tropical bird is flying over a black sea.
I saw it as a white bird.

A tropical bird is flying through a never-ending night.
I think it is a lonely bird
that at times is flying through feverishly swelling clouds
and at times below the light of a
horribly chilled crescent moon.
I imagine that
tropical bird is approaching.
In moments of fatigue from daytime hustle and bustle

stealing from night's secret intercourse
and after a dizziness of regret
that tropical bird is
at very high speed approaching.

PIG／豚

Screaming it is taken to be butchered.
It goes down a dry sunlit road to be
slaughtered by a blow to the head by a black iron hammer.
Weighty, unwieldy, goes away to be killed.

Off to be skinned, meat laid bare,
packed onto a truck that is indigo blue.
Roll down a sweet promenade.
Give off a scent of warm raw blood.
Give your guts to crows,
there for the slaughterhouse nearby.
So as to be remembered let the crows gather.

People will not shed a tear.
People will not speak of love.
People will stop smacking their lips.
Then you'll burn like a torch.

WILD GEESE CALL／雁の声

I heard a call of wild geese,
a call of geese on their migration.
It's the same depths as limits
to an unlimited universe.

It's because I have an incurable disease
I can hear
the honking wild geese.

Incurably sick people
are at the same depths as
an unlimited universe.

I think I can see the shape of
migrating wild geese.
I think I can know their
final destination.
I think that to go all the way there to embrace
wild geese there is no one but me.

I heard the wild geese,
a wholehearted call of them migrating.
I could hear them.

MOUSE／ねずみ

If you torment a mouse,
it's why half the world will suffer.

If you make a mouse spit blood,
that's why half the world will cough up blood.

In the same way,
being cruel to all living things
causes the entire
world to split in two.

Because it's a world split in two
I will speak to those at least a hundred million years from now.
If you think a mouse is something to torment,
if you think it is something to make spit blood,

as long as there is one mouse that isn't loved
half a world is
unloved.

STRAY DOG THAT HIDES A UNIVERSE
／宇宙を隠す野良犬

Why was it even born?
When you know that you've
solved the universe's mystery.

Why is it not liked?
Why is its coat such a dirty bad smell?
Why does everyone chase it away?

Why is it so scraggy?
While scraggy enough to disappear,
why is it being watched as if someone
still wants to beat it to death?

Why does its tail droop?
Why, whenever a human comes into view,
does it glance with frightened pitiful eyes
then run off?

And from now on strays will be born
and once born be not liked
and so always with a
big stick driven off
or stoned
and will always have to fear
death dark and endless.

Stray dog:
how many to be born?

As soon as you understand that
you've solved the universe's mystery.
Just what is the origin of the universe?
And, beyond that, what is there?
Besides that one starving stray dog
drenched in rain continually running away
is another completely
hidden.

LOST DOG／失われた犬

When was it, that day
a dog became not a dog?

From that time
there was one word that was lost.
The word horse, the word cow,
sheep, fish, insect,
as a river that disappeared can no longer be seen.
Because now that is a dog of a town;
it's become an ugly weirdly swollen town.

That dog's food is moon fragments.
Its drink is moonlight.

But what is its nourishment now?
Not the forest spirit,
Not even water trickling from rocks.

TURTLE／亀

I remember the day and the person
who broke a turtle's shell banging it on stone.
It seems as if that instant
began the world's misfortunes.

The broken-shelled turtle was
still lively and young.
It's as if, unless the universe changes,
a turtle will always be a turtle,

always a turtle, at pond bottom quiet.
Tears shed by a turtle
even by a turtle can't be seen.
Turtle waits patiently for
the universe to change.

ZAMBA THE GIANT ELEPHANT／巨象ザンバ

There was a giant elephant called Zamba.
I hear tell of it from time to time.
It's an elephant from long ago

with skin clear midnight blue
and tusks cold crescent moons
that without companion
wanders all over.

There actually is a giant elephant named Zamba.
From time to time I hear afar its trumpet.
As proof that it's no lie,
it tread the Tanganyika plateau,
through its wetlands,
through forests at the upper reaches
of the Ganges, or through sandstorms
in the Gobi Desert.

Was it Zamba is hundreds of years old or
was it thousands? I can't remember.
In any case it's talk from before I was born
so I don't really know how old.
But whenever I hear the name Zamba
I feel it's half a universe I'm hearing
and I sometimes come to tears.
Zamba's skin so midnight blue.

Zamba's tusks so cold.
Zamba's ears and trunk so very
elephant lonely.

Zamba the giant elephant most certainly exists.
At times I see its elephant tracks.
It's footprints on this earth are
a well's unseeable depth.
I could tell all this at a glance.
And if it's about Zamba
you can talk with little children anytime.

There actually is a
giant elephant named Zamba.
From time to time I hear afar its trumpet.

DEAD CATTLE／死んだ牛

A smell of cattle,
a dead cattle smell.

Where it comes from who knows?
Here we are, plodding along;
it's not just us who are plodding
because there's smell of
so many head.

Because there are cattle
the land is wide open.
The reason we are plodding along
is we are fallen people.
In a distant past we sinned against love
and from then this is how we're walking,
our heads in loneliness hung.

Just look at our situation:
battle cap cocked,
deeply devoted, still wear that
dried up carcass of a uniform
and sing like evening sun
over and over songs of
scattered sadness.

As long as we are walking like this
there will be a smell of cattle,
an untold head of
dead cattle smell.

BLACK CRICKET／黒いこおろぎ

Our suffering is not worth
one ten-thousandth of a tip
of a black cricket's leg.
Our incurable diseases

and innumerable prayers
or even our deaths are not worth
one ten-thousandth
of a tip of an autumn chirping
black cricket's thin leg.

A world is an as yet incomplete
black cricket.

ABANDONED CAT／捨て猫

If not taken in
this world would be a shapeless mass.
No one has ever seen a world in which
it was never taken in.

If no one takes it in
this world would be like a slug with salt poured on it,
dissolving in rains, winds, and blizzards.

Abandoned,
there are no parents, no siblings,
no one at all to take its side,
and if its mother thinks someone will take it
she'll give birth to more to be abandoned.

All night it cries

and when it cries no more
no matter where one looks
its carcass can't be found.

TOAD (bufo japonicus)／ひき蛙

Mother,
if I were a hideous toad
what would you do?

Oh! A lover's
sudden shock:
Eyes that gazed feverishly
turn now to fear and hate
puts a thousand miles between us.

Or my wife
who returns to her own home
having left her child somewhere,
the reason being that child
is a toad like me.

But mother
what would you do
if I told you I'm a toad or
some even uglier thing,
a loathsome pit viper,

or some unsightly seadevil?
What if I told you those creatures are me?

LOOKING AT STARS／星を見ていると

Looking at stars
I sense a world in which humankind is
the lowest form of existence.
It's on this planet like an amoeba;
there under a lens humans are observed.
Various sins are sorted by color
and without a trace of dust on a transparent wall
are pinned like specimens.
Many ugly desires are picked out
and in a wheel of fire without any heat or cold
begin to beautifully crystallize.
Looking at stars
it's as if one giant eye without
nerve sensations from long long ago
has been observing.

ANDROMEDA NEBULA／アンドロメダ星雲

About the Andromeda
Nebula all we can say
is a name.

It's the galaxy closest to the Milky Way
but even so it's 2,000,000 light years distant.
Like the Milky Way it's a spiral galaxy.

In that galaxy hundreds of billions
of planets are gathered.
Among them should be
maybe 10 million that can support
some form of life.

Some stars are arranged in the shape of dog so we say dog.
If they look like fish in water they're called fish.
There's no difference, really,
but whether that shape is their real shape,
or what meaning that shape might have,
or what forms of life might be on those ten million planets
we know nothing about even one.

Because we know nothing, drink saké.
Because we know nothing, stick a cigarette in our mouth.
Because we know nothing, all the time want a woman to hold.
Pretend to be tired, go to sleep at night.

Pretend to have sinned, create starvation and pain.
Then quietly witness our death.

Be that as it may,
the only thing we
can do is say that
is Andromeda Nebula.

KENJI'S STARS／賢治の星

Directly above Little Bear
is light from a star that looks like it's sobbing.
That's the one that's said to be
Kenji's star.

I don't really know much about Kenji
but Kenji's star I know.
Every beast and every bug
from long ago are brothers and sisters
so never can you pray to just one.
Since it's Kenji's star, that's well understood.

Stretching out from the Scorpius stinger is
starlight that shivers.
That too
is said to be Kenji's star.

Tell the truth,
no one can tell
which is really Kenji's star.
But, whichever,
it's not as if one can be wrong.
　If you truly love The Twins
　why don't you summon great
　courage to seek the wellbeing
　of all living things

Open your eyes! See the big picture!
From the north, from the south,
is a starlit vastness.
It's okay to call them all Kenji's stars.
And it's okay to say you are all each one a star.

ONE STAR／ひとつの星

It's something we might want to remember:
about that one star
we all have.

From birth all
we ever have is that one star.
Why is it that until it's far away we forget it's name?
Why is it lost until it is found?

We have to recite it,
the name of our star.
Why were we born into this world?
Why are we here in this town?
What is it we must do
before we die?

We must go just as
a rabbit must go
along a thorny path,
as migrating birds travel through a dark night sky.

And, we have to ask,
why do we become sick?
Why, though sick,
do we still have to live?

There is that one star,
that star we forgot,
that star for some reason we lost.
It's that one star
we could remember.

FIVE HUNDRED MILLION YEARS／五億年

Five hundred million years of rain.
Five hundred million years of snow.
Now I am
nowhere.

It is said the fighting called war is over.
Only one insect quietly sings.
At that moment
something like a cricket
that with unbounded sadness
cried five hundred million years,
cries out a nebula's vast silence.
At that moment

I am nowhere.
Even my persistent shadow dissolves.
At that moment:

five hundred million years of rain
five hundred million years of snow.

CONSTELLATION OF ORION SONG／オリオン星の歌

"Oh! I can see Orion!"
Walking I don't know where on a road at night

I said it.
Because Yūko is intellectually disabled,
because I am feeble.
When Yūko came to think of me,
when I came to think of Yūko,
I said it.
Along with one other word that
resides deep inside.
Beyond those stars,
is a great green nebula.

When autumn comes,
on a cold road after ten at night,
from the eastern sky, Orion in its vastness rises.
If I'm walking the same road as Yūko,
Orion is rising.

But, because Yūko is intellectually disabled,
because I am feeble,
when we have to walk different roads,
I shout out once again
"Oh! I can see Orion!"
Along with one other word residing deep inside.

SPEAKING OF LIGHT／光の話

Let's speak of light.
Not the light glistening in a chandelier
but in a blue black night's blizzard,
a small light boldly singing.

Where does it come from or disappear to?
The sorrow of a living thing discarded, it's
mystery might suddenly be washed away.

Let's speak of light.
Not the dazzling red neon kind
but that which shines briefly and is gone.

To speak of a poor light.
To speak of a beloved light.

CHRIST／キリスト

What is deeply desired is someone to give birth to a Christ.

The many so many prime ministers or
presidents of world federations:
such children of lies are deeply unwanted.

From midnight blue outer space

come down,
come down here: such a sadly trembling one is deeply wanted.

For deepest darkest outer space
a child covered with blood that will
hang from a cross is deeply desired.

A BUDDHA THAT LEAVES／去って行く仏陀

Buddha, it is said, goes away.
Like a fawn into forest depths
appears to walk alone.

Oh Anuruddha,
there is no better I can be than one who
seeks happiness for all beings.

Buddha, it seems, goes away.
Like a small fish going back upstream
appears to avoid everyone.

When, while all alone, was Buddha's
revelation on separation?
He lectures about separation.
Like a yellow tinted dusk at a field's far end,
at field's end a solitary bird.
Listen, Anuruddha:

time's come for those who seek the wellbeing
of all living things, and I can be no more.

Buddha, it is said, goes away.
With deeper pain than anyone in the world,
deeper sadness than anyone in the world.
It's said he walks alone.

MAGNOLIA FLOWERS／木蓮の花

Magnolia is the first flower to fall in May
If you see them scattered you will know.

Along roads of fallen magnolia comes a vendor of little mussels.
Along comes someone selling sundries.
A junkman comes calling in a rusty voice.
They're all poor.
If you see the flowers fallen you'll know.

A person who imagines distant galaxies is the magnolia flower.
Someone who sees the universe as dark and lonely
is the magnolia flower.
If you view the fallen flowers you'll know all that.

TAKLAMAKAN DESERT／タクラマカン砂漠

I imagine crossing a desert.
When was it I knew that desert is
the Taklamakan?

If I see a captive beast
I think of that desert.
Observing a file of birds in flight
I think of sky above the desert.

It's beyond the Nepal Plateau,
a desert that stretches distantly from
places like Garhi or Jugal Himal.
I'm going to walk it now,
my desert.

I imagine a Taklamakan Desert night,
a blood red moon overhead
that for those crossing the desert is
advance notice of death.
Bones scattered over the desert are how my bones will be.
Raging winds blowing across it are winds that lash me.

Since I walk alone
in the Taklamakan Desert
there's no one to meet.
Since I'm crying alone in a desert,

there is no one with whom I can cry.

I imagine some richly colored flower
beyond the Taklamakan Desert blooming.
I imagine being wrapped in that flower's scent.
But my desert goes on even beyond that.
When was it I knew the Taklamakan Desert?i
I'm feeling my desert.

SNOW／雪

When snow begins without a sound falling
I think of a lullaby from long ago.

Because sleep is a bandage lonelier than pure white silk
when snow touches a painful wound
I hear a piano melody that's supposedly finished.

The soundlessly beginning to fall snow
is a bird's soft weeping it's lost sight of sky.

Together with painful tears, pellets of
snow endlessly falling.

When snow begins without a sound melting,
The song we hear is gentle as a lullaby.
That is when rivers start to flow.

LOVE'S PERSON／愛の人

To go on without looking back.
A small kindness, or Red Feather.*
Salvation Army, or Year End Mutual Aid campaign.
Turning my back to such warm things,

I will go away alone
along a shoreline in a dark and melancholy wind.
I'll walk a chilled heath's saffron sunset,
a cold seaside orange.
I'll make it through a forest sea of thorny manzanita.
Without anyone seeing me off.

In torchlight from a world's shaky beginning
seek out the groans of all living things,
beautiful farewell songs from the world over,
as I sing along "sayonara."

* Red Feather: Central Community Chest of Japan. One who donates to a charity drive receives a red feather that is placed on a lapel, etc.

GREEN PLAINS／青い草原

I go into green plains alone.
My way of going on in them
is not something to show.
In clover or lotus,
dandelion or shepherd's purse,
it's not something to do with others for fun.
There is only one purpose:
to eradicate unhappiness for all living things,
and to do that endure sickness and death.

Within serious illness and death
wondrous words are hidden.
"Thank you so much;" quietly
hear about a young girl's death.
That child is now standing on a cold windy beach
holding an abandoned puppy.
She's my heart's distant sister.
Her white calves wrapped in a rural kimono with a splash design,
she stands at a veranda's sunlit edge.

Someone is asking why we are alive.
Seriously frightened, a serious Catholic priest
trembles at those words.
That question is why there are green plains to go into.
It is not to put ourselves on display.

A TREE WITH A BENT BRANCH／枝を折られている樹

There is a place of trees with bent branches
in a forest at a narrow path's end,
or in an untilled field's corner
in drizzling rain is a tree just standing there,

a tree waiting for someone.
Warm like sun shining to a stream's bottom,
gentle like signs of spring first seen in winter sky,
there's a tree waiting for that someone.

If we are that someone
we are off walking in search of that tree.

I don't know which village it is.
Nor is there anyone who knows.
But if you keep it in mind while walking,
if everyone sticks to their own path,
there is a tree with a bent branch.

AT THE END／終りに

Three truths will stand at the end:
Deserts, swamps, and fields of heavy snow.
Desert birds, mangroves in swamps, wind in snow-covered fields.
Something like birds flying,
like mangrove springing up,
like wind blowing.
To say there's a brighter future to come is a lie.
To announce that anything at all is coming is a lie.
Which is why at the end
deserts, swamps, and fields
of heavy snow
make a last stand.
Something like birds flying,
something like mangrove springing up,
something like wind blowing:
that time is coming.
I was awaiting the world.
It's time is coming.

ABOUT DEATH／死について

I learned about dying.
One plus one is two.
The sum of a triangle's interior angles is one-hundred-eighty
degrees.
I learned all the shortcuts of dying.

Because we die
one day people learn to get drunk.
Everyone learns to die.
What is visible is not death.

A cold dead body,
the Empire State Building,
a multi-billion yen television tower:
None of those are death.
Neither is a drowned corpse floating in water.

Celestial bodies
may have some connection with dying.
But even the stars are enclosed in human vision.
What's beyond that of course
is terrifying.

Wanting to know dying
people decided to keep animals.
Because there is dying

people fear finding some illness
and are ashamed of a body that dies.

But because there is dying
people one day go beyond death,
as birds fly through clouds,
as fish uninhibitedly move through water.
At some time, suddenly.
There is a time we go beyond death.

DEATH AND GOING UNDER／死と滅び

Death and dying are two different worlds.
For example one is like a sunset sky, spread out; the other is a shadow of dusk creeping over the land.
They are different worlds.

The ways of death and dying are different.
For example one is a vast plain wind passes over, the other withered grasses flattened.
Each course is different.

Death faces something distant and dries.
Dying doesn't dry up anywhere:
a thousand years of putrefaction
settled as a forest swamp.

A frog crying out spring haze is death,
but tepid mud is dying.
A bunch of dragonflies in autumn is death,
but a dragonfly's corpse is dying.
A person who goes with death
and a person who goes with dying are different.
It's the sadness of one that spreads as a sunset sky
and one that sinks into dusk
never being able to meet.

MOUNT IWATE／岩手山

"Take a look at that mountain!"
Whenever someone I like visits
I invariably want to say that.

Of course that's a mirage seen in the Ōu Desert.
Laughing gas emitted from the Ōu Wetlands.
The vast snowfields of Ōu where soul remains perpetually
frozen.

"Climb to even higher ground and look."
How many times have I wanted to say that?
It's a dinosaur sleeping, it's Pithecanthropus
Erectus that first had fire in Ōu:

from which what has begun?

Just what sort of attraction had its beginning there?
Have a good look, while you can.

WHY／なぜ

Why is it, owing to my not knowing more words,
I am covered more than others with sweat,
or because I couldn't advance to the next level of school
I have to carry twice as many heavy stones?
If that's so, religions and the like in that sense aren't very promising.
And, even with the many principles and positions,
it turns out they're all the same.
Anyway we all have to put all we have into these thoughts.
Why, for a small increase in our own importance,
do so many others need to be hurt?
But I want to believe
that if there were never a great person
we're all equally in mud and that a
day will come we'll all share laughter.
Though to do that
we must first be human.

ENGRAVING WORDS ON STONE／石に言葉をきざむ

On stone, words engraved,
words without rest.
When did it become my work
to engrave words on stone?

My awareness is here.
Here is where the flame burned.
If it's sand, eventually it will collapse.
If it's water, eventually it will flow away.
Words engraved on stone,
words for a million years.
When did this become
my sad work?

村上昭夫（むらかみ　あきお）略歴

1927年、岩手県東磐井郡大原町（現・一関市）生まれ。1945年4月、満州国官吏として渡満、翌年8月に帰国。就職先の盛岡郵便局の機関誌紙に詩や小説を発表し始める。1950年、結核発病。同年、詩誌「首輪」同人となる。1953年より「岩手日報」に詩を寄稿。1954年、岩手県詩人クラブに入会、後に機関誌「皿」編集担当。1967年、俳人・昆ふさ子と結婚。第一詩集『動物哀歌』出版（第8回土井晩翠賞、第18回H氏賞）。1968年、肺結核と肺性心の合併症のため死去。2018年、『村上昭夫著作集　上　小説・俳句・エッセイ他』（コールサック社）出版。

村上昭夫「雁の声」詩碑（右）と妻・昆ふさ子句碑（左）
岩手県北上市（昆精司建立・撮影）

石炭袋

村上昭夫著作集　下
未発表詩95篇・『動物哀歌』初版本・英訳詩37篇

2020年12月10日初版発行
編　者　北畑光男　鈴木比佐雄
発行者　鈴木比佐雄
発行所　株式会社 コールサック社
〒173-0004　東京都板橋区板橋2-63-4-209
電話 03-5944-3258　FAX 03-5944-3238
suzuki@coal-sack.com　http://www.coal-sack.com
郵便振替　00180-4-741802
印刷管理　（株）コールサック社　制作部

*装丁　松本菜央

落丁本・乱丁本はお取り替えいたします。
ISBN978-4-86435-466-0　C0192　￥1000E